JN304477

書下ろし

花《はな》筏《いかだ》

便り屋お葉日月抄⑤

今井絵美子

祥伝社文庫

目次

千駄木「戸田家鷹匠屋敷」
湯島天神
神田明神
不忍池
昌平坂学問所
神田川
牛込御門
江戸城
北町奉行所
檜物町
日本橋
八丁堀
葭町「山源」
両国広小路
永代橋
鉄砲洲
浅草寺
蔵前
柳橋
本所
両国橋
大川（隅田川）
向島
竪川
大横川
小名木川
十万坪
深川
門前仲町
増上寺
芝神明宮
北
西
東
南

「花筏」の舞台

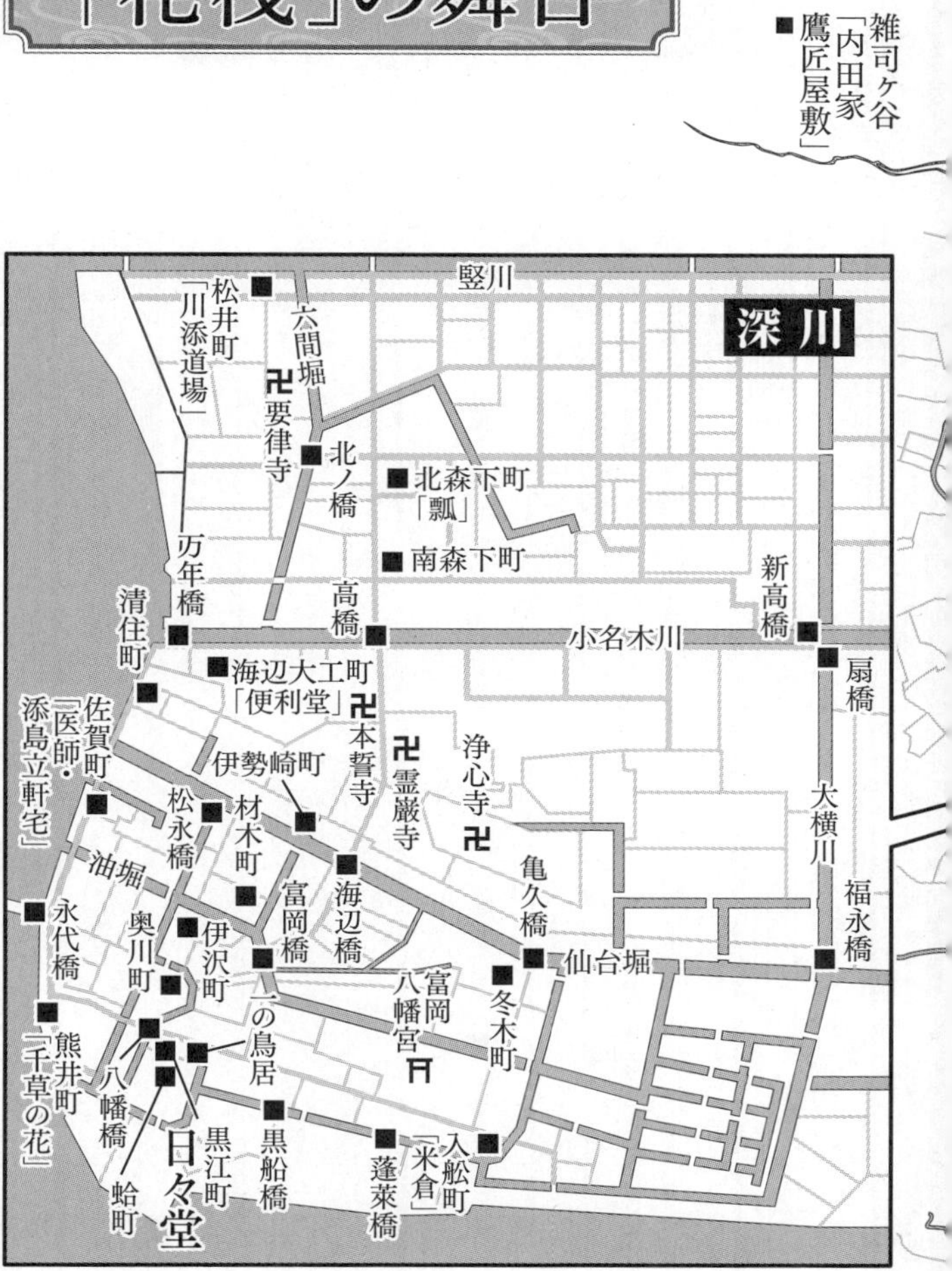

雑司ヶ谷「内田家鷹匠屋敷」
深川
竪川
松井町「川添道場」
六間堀
要律寺
北ノ橋
北森下町「瓢」
南森下町
万年橋
清住町
高橋
小名木川
新高橋
扇橋
海辺大工町「便利堂」
本誓寺
霊巌寺
浄心寺
佐賀町
添島立軒宅」「医師・
伊勢崎町
松永橋
材木町
油堀
大横川
亀久橋
海辺橋
富岡橋
永代橋
奥川町
伊沢町
仙台堀
福永橋
富岡八幡宮
冬木町
一の鳥居
熊井町「千草の花」
八幡橋
黒江町
黒船橋
蓬莱橋
入船町「米倉」
蛤町
日々堂

流し雛《びな》

町小使《まちこづかい》（飛脚《ひきやく》）の与一《よいち》が蓬萊橋《ほうらいばし》の橋詰《はしづめ》に立ち、チリンチリンと風鈴を鳴らすと、待ち構えたように切見世《きりみせ》の消炭《けしずみ》や遣手《やりて》が文《ふみ》の束《たば》を手に集まってきた。

彼らは通称家鴨《あひる》と呼ばれる佃《つくだ》の切見世で働く店衆《たなし》たちである。

町小使が切見世の中まで入ることは滅多になく、一日に二度、例刻《れいこく》の四ツ（午前十時）と七ツ（午後四時）にこうして風鈴を鳴らすと、女郎に代わって消炭や遣手が文を手にやって来るのだった。

その中には女郎の蕩《た》らし文《ぶみ》もあれば、切見世の書出《かきだし》（請求書）もあり、また、女郎が肉親に宛《あ》てた私信まで混じっている。

町小使はその場で宛先《あてさき》から飛脚賃を概算し、文と金を預かることになっていた。

大川《おおかわ》より東を縄張《なわば》りとする便り屋日々堂《にちにちどう》の管轄《かんかつ》内なら一通二十四文《もん》だが、大川より西は葭町《よしちょう》送りとなり三十二文……。

ところが、配達先が江戸以外となるとこれは定飛脚《じょうびきゃく》の仕事となり、江戸、大坂《おおざか》間を六日で運ぶ定六《じょうろく》ともなると、二両二朱と驚くほど高直《こうじき》であった。

与一は遣手婆《ばばあ》から封書の束を受け取ると、宛先を確認し、独《ひと》りごちた。

「やけに今日は蕩らし文が多いじゃねえか……。こいつは菊川町《きくかわちょう》だろ、そしてこれは本所亀沢町《ほんじょかめざわちょう》で、これは今川町《いまがわちょう》……」

すると、遣手婆の背後に立っていた男が槍《やり》を入れてきた。

「雛《ひな》の節句が近《ちけ》ェからよ。ヘン、佃の家鴨に雛祭もへったくれもねえのによ！　すべたにも女心の片鱗《へんりん》が残ってるのかと思うと涙がちょちょくれるが、まっ、こちとら、こうして女《おな》ごが蕩らし文を出してくれるもんだから商売繁盛《しょうべえはんじょう》ってなもんでよ」

菊水楼《きくすいろう》の消炭滝造《たきぞう》である。

以前、与一は、お葉《よう》が辰巳《たつみ》芸者をしていた頃の同僚喜久丸《きくまる》の消息を滝造に探《さぐ》ってくれと依頼したことがあり、以来、逢《あ》えば親しく口を利《き》く間柄となっていた。

結句、清里《きよさと》と名を替え佃の家鴨に身を落としていた喜久丸は、瘡毒《かさ》（梅毒《ばいどく》）に冒《おか》され鳥屋《とや》にかかり、二十五歳という若さでこの世を去ったのであるが、この大横川《おおよこがわ》沿いには佃だけでなく、石場《いしば》、新地《しんち》、土橋《どばし》と流れの里で、誰にも看取《みと》られることなくひっそりと朽《く》ち果てていく女ごはごまんといる。

そういった女ごにいちいち情《なさけ》をかけても仕方がないのだが、清里（喜久丸）のことにほんの僅《わず》かでも関わったせいか、あれ以来、与一には女郎が出す文の一つ一つにも彼女たちの血や涙が滲《にじ》んでいるように思え、手荒には扱えないような気がするのだった。

おそらくこの文の中には、やるせないほどの、女ごの想《おも》いが詰まっているのであろう……。

そう思うと、与一の胸がカッと熱くなった。

「そう言ャ、佐之《さの》さん、ずいぶんと脚《あし》が速くなったじゃねえか！　この前《めえ》、八幡宮《はちまんぐう》の前《めえ》を駆けて行く佐之さんの姿を見たが、もうすっかり元通りだぜ」

滝造が世間話でもするかのように割り込み、遣手婆を押し退《の》ける。

昨年の秋、佐之助《さのすけ》は海辺大工町《うみべだいくちょう》に新しく出来た口入屋《くちいれや》兼便り屋便利堂《べんりどう》の男衆《おとこし》と対峙《たいじ》して大怪我《おおけが》を負《お》わされ、自慢の駿脚《しゅんきゃく》に翳《かげ》りが見え始めたのである。

あれから、ほぼ半年……。

与一が見るに、此《こ》の中《じゅう》、やっと佐之助も飛脚走りが出来るところまで恢復《かいふく》してきたように思う。

「なんだよ！　あたしの番じゃないか。割り込むんじゃないよ」

体《てい》よく割り込まれた遣手婆がカッと目を剝《む》く。

「おめえがとろとろしてるからじゃねえか。ほれ、さっさと金を払いなよ！金を払ったら、俺の番だ」

「婆《ばあ》さん、待ってな、今勘定してやるからよ。深川《ふかがわ》、本所が五通で、締《し》めて百二十文だろ？　それでっと、御亭《ごてい》宛に来た封書が一通と、おめえさんところのお千代《ちよ》って女郎に届いた文が一通……。おっ、確かに渡したぜ！」

与一が金を受け取ると、配達分の文を手渡す。

「やれ、やっと俺の番かよ。ほれ、深川、本所、向島《むこうじま》宛が十通で、神田《かんだ》が二通……。驚くなよ、これは全部一人の女ごが書いたものだからよ」

滝造が訳知り顔に、片目を瞑《つぶ》ってみせる。

「一人？　一人で十二通も書いたというのか！」

「なに、書いたのは代書《だいしょ》だが、差出人が一人ってことでよ。一月《ひとつき》ほど前《めえ》に裾継《すそつぎ》から佃に鞍替《くらがえ》したばかりの女ごなんだがよ、こいつ、どうもこれでよ……」

滝造が人差し指を頭に当て、くるくると渦《うず》を描《えが》いてみせる。

「………」

「つまりよ、どう考えても正気じゃねえのよ。自分は五町《ごちょう》（新吉原《しんよしわら》）で御職《おしょく》を張っていた三好野太夫《みよしのたゆう》だ、こんな場末にいるような女ごじゃねえと曰《のたま》っていてよ。嘘《うそ》だと思うのなら馴染《なじみ》の客を呼んでみせると息巻き、それでこの蕩らし文ってわけなのよ」

「ほう、そりゃまた……」

「なに、法螺《ほら》に決まってらァ！　そりゃ、五町にいたのは本当かもしれねえが、大方、羅生門《らしょうもん》河岸《がし》がいいところ……。そこから流れ流れて深川裾継、佃へと、遊女の成れの果てを絵に描《か》いた身の有りつきに違《ちげ》ェねえ……」

「けど、おめえ、そんなことを言ったって、うちの管轄だけで二百四十文、葭町送りを入れて、三百文を超えるんだぜ。いいのかよ？」

与一が不安そうに目をまじくじさせる。

「知るかよ、そんなこと！　出してェというものを止めるわけにはいかねえだろう？　ほれ、ちゃんと飛脚賃も預かってるんだからよ」

「……………」

与一にはもう何も言うことが出来なかった。

続いて、蓬莱橋から黒船橋《くろふねばし》へと河岸を替える。

黒船橋の南には石場があり、ここもまた場末の遊里であった。

ここでも、与一は橋詰に立ち、チリンチリンと風鈴を鳴らす。

すると、黒船稲荷《いなり》の鳥居の下で待機していた消炭たちが寄って来た。

案の定、彼らの手には日頃の三倍はあろうかと思える、文の束……。

そのほとんどが蕩らし文のようである。

(愛《いと》しい○○　逢いに来てくりゃんせ……。そさまと真猫《しんねこ》、雛の契《ちぎ》りを交《か》わしとうありゃんす)

おそらく、そんなことが書かれているのであろうが、大籬《おおまがき》の花魁《おいらん》というのであればまだしも、切見世、局見世《つぼねみせ》の女郎が客に蕩らし文を出して、はたして、どのくらい成果が上がるのか疑問に思うが、せめて雛の節句や八朔《はっさく》、中秋《ちゅうしゅう》の名月だけでも大籬の花魁に倣《なら》いたいと思う、下級女郎のその気持も解《わか》らなくはなかった。

「潮見屋《しおみや》が八通で、山水閣《さんすいかく》が五通……。で、銀仙楼《ぎんせんろう》は……」

そう言い、与一はおやっと目を瞬《しばたた》いた。

いつもの消炭かと思ったら、下働きのお富《とみ》婆さんが立っているではないか……。

「済まないね。今日は男衆も遣手も手が離せなくてさ……。うちは二通だけなんだが、あれ、来てるかえ?」

お富が気を兼ねたように、上目《うわめ》に窺《うかが》う。

「えっ？」

与一はとほんとした。

「だからさ、夕霧《ゆうぎり》宛の文がさ……」

ああ……、と与一は納得し、慌《あわ》てて首を振った。

「いや、銀仙楼宛は一通もねえが……」

お富は失望の色も露《あら》わに、肩息《かたいき》を吐《つ》いた。

「やっぱりねえ……。待ったところでそんなもの来るわけがねえと消炭に言われたんだけど、今日こそ来る、来るに決まっていると譫言《うわごと》みたいに言い募《つの》る夕霧を見ていると、堪《たま》んなくてね……」

「おっ、俺も毎度おまえんちの消炭から夕霧宛の文は届いてねえかと訊《き》かれ、その度《たび》に、届いちゃいねえと答えてたんだが、一体《いってえ》、誰からの文を待ってるんでェ？　町小使は客の立ち入ったことに触れちゃならねえ決まりになっているんだが、どうも気になってよ……」

「…………」

与一が訝《いぶか》しそうにお富を窺う。

「客か？」

お富は意を決したように目を上げた。

「弟だってさ……」

「弟……」

「そこから先は言えないよ。町小使にも決まりがあるだろうが、遊里には遊里の決まりがあるもんでね……。言っとくが、あたしが余計なことを話したと消炭に言わないでおくれよ」

お富が手を合わせる。

「ああ、呑込承知之助《のみこみしょうちのすけ》！　じゃ、文を預かろうか」

与一がお富から文を受け取る。

「宛先は牛込《うしごめ》……。おっ、お武家じゃねえか……」

そう言い、何気なく裏を返し、あっと息を呑《の》んだ。

夕里《ゆり》とだけあるが、おそらく、これは夕霧の文なのであろう。

与一がちらとお富に目をやる。

お富は黙って頷《うなず》いた。

「いや、俺《おり》ャ、もう何も訊きャしねえからよ……。じゃ、これが葭町送りで三十二文。もう一通がうちの管轄で二十四文。締めて五十六文、へっ、確かに……」

与一は極力無関心を装《よそお》うと、金を受け取った。

大横川沿いの集配が終わると、ひとまず日々堂に戻らなければならない。

与一は再び黒船橋を蛤町《はまぐりちょう》のほうに渡りながら、ふと夕霧のことを思った。

首を長くして、毎日、弟からの文を待ちわびる夕霧……。

確か、宛名は永井和彦《ながいかずひこ》……。

牛込は山源《やまげん》(飛脚問屋の総元締《そうもとじめ》)の管轄で葭町送りとなるため、これまで一度も注意してみることはなかったが、すると、夕霧の弟は武家で、牛込辺りに密集する拝領屋敷に住んでいるというのであろうか……。

だが、それならなぜ、姉の夕霧、いや夕里が切見世女郎などに……。

何か事情があるのだろうが、与一には解《げ》せないことだらけである。

「与一、余計なことに首を突っ込むもんじゃねえ！　便り屋は客に文を届けるのが務め。何があろうとも、差出《さしで》をするもんじゃねえ！」

宰領《さいりょう》の正蔵《しょうぞう》からは、耳にたこが出来るほど釘を刺されていた。

町小使にも決まりがあるだろうが、遊里には遊里の決まりがあるもんでね……。

お富の声が甦《よみがえ》る。

与一は気を取り直すと、門前仲町《もんぜんなかちょう》に向けて脚を速めた。

「珍しいことがあるもんだね、文哉《ふみや》さんが来てくれるなんて……。千草《ちぐさ》の花《はな》の女将《おかみ》になってからというもの、忙しくって、とてもうちに寄る暇《ひま》なんてないだろうと思っていたんだよ」

お葉が茶を淹《い》れながら文哉に笑《え》みを送る。

「忙しいことは忙しいんだけどさ……。あたしさァ、小料理屋の女将ってのがこんなにも忙しいとは思ってもみなかったよ。これまでは使用人の身だっただろう? 見世が山留《やまどめ》(閉店)になればあとは何をしてもよかったんだが、現在《いま》では板頭《いたがしら》との打ち合わせやら小女《こおんな》たちの世話、客への気配りも忘れちゃならないとあって、見限られないように挨拶廻《あいさつまわ》りをしてみたり菓子《かし》を届けてみたり……。けど、あと数日で雛祭だろ? ほら、うちにみすずが来て初めての雛祭でもあるしさ。あたしもあの娘《こ》の親になったからには、なんとしてでも祝ってやりたいと思ってさ! だって、あの娘《こ》、十六になるこの歳《とし》まで、一度も雛を飾ったことがないっていうんだよ。そりゃさ、みすずのおとっつァんが遠島《えんとう》になるまでは、小《ち》っちゃな紙の雛くらいは飾ったことがあるだろうさ。けど、裏店《うらだな》の暮らしには雛壇飾《ひなだんかざ》りはもちろんのこと、対《つい》の雛人形も縁がないからさ……。それで、せめて古今雛《こきんびな》でも飾ってやりたいと思い、十軒店《じっけんだな》を覗《のぞ》いて来たんだよ！」

文哉が手土産《てみやげ》の翁煎餅《おきなせんべい》の箱を開け、ほら、食べようよ、と促《うなが》す。

お葉は長火鉢《ながひばち》の猫板《ねこいた》に湯呑《ゆのみ》を置くと、翁煎餅に目を細めた。

「ああ、それで照降町《てりふりちょう》に？　ここの煎餅って品のよい味がして美味《うま》いんだよね。お座敷に出ていた頃、たまに客が土産に持って来てくれたもんだから、甘党ばかりか左《さ》党《とう》までが目の色を変えちまってさ……。おかたじけ！　甚《じん》さんにも上げていいかえ？」

「よいてや！　いいに決まってるじゃないか。けど、偉いね。おまえさんはそうしていつも真っ先に死んだ旦那《だんな》のことを考えるんだからさ！」

「当然じゃないか。あの男《ひと》のお陰で、現在《いま》のあたしがあるんだもの……」

「おやおや……。おまえさん、本当に旦那に惚《ほ》れてたんだね」

「なんだえ、過去形で言わないでおくれよ！　現在《いま》もあっちは寝ても覚めても甚三郎《じんざぶろう》ひと筋なんだからさ」

「おや、お馳走《ごち》！　これじゃ、煎餅を食べる前に腹中満々《ふくちゅうまんまん》になっちまう」

お葉と文哉は顔を見合わせ、くくっと肩を揺《ゆ》すった。

お葉が小皿に翁煎餅を取り分け、仏前に供《そな》えて戻って来る。

「それで、よい雛が見つかったのかえ？」

「古今雛なんだけどさ。これがさァ、女雛《めびな》の冠物《かぶりもの》や金襴《きんらん》の衣装が実に見事でさ！　顔がまたいいんだよ……。ちょいとばかし値が張ったけど、清水《きよみず》の舞台から飛び下りたつもりで買っちまったのさ。実を言うと、あたしもこれまで雛には縁がなくてさ……。ほら、先《せん》にも言ったと思うが、あたしは安房《あわ》の海とんぼ（漁師）の娘でさ。生活《たつき》の足《た》しになればと江戸に奉公に出されたんだが、当時、世話になっていたおまえのおとっつァんの前から身を退《ひ》いてからは、それこそ、坂道を転げ落ちるがごとく流れの里を転々として、やっとの思いで這《は》い上がり小料理屋を開くところまで漕《こ》ぎつけたんだが、そんな理由《わけ》で、常並《つねなみ》な女ごの幸せは一度も味わったことがないんだよ……。それで、此度《こたび》、みすずのために雛人形をと思いついたら夢中になっちまってね。みすずのためなんだか自分のためなんだか判《わか》らなくなっちまって……。けどさ、雛人形って、見世の飾りにもなるじゃないか。この時季、見世に雛を飾っておけば、客も悦《よろこ》ぶだろうしさ！　そんなふうに考えれば、安い買物だ。ねっ、そう思わないかえ？」

文哉が茶目っ気たっぷりに、肩を竦《すく》めてみせる。

「それで、現在《いま》、古今雛は?」

「お供に連れてった下男の爺《じい》さんに持って帰らせたのさ。あたしはこんなときでないとここに来られないからさ。それで、ちょいと脚を延ばしたってわけさ」

「まあ、そうだったのかえ。けど、雛が見られないとは残念だね」

「何を言ってんのさ！　雛の節句には必ず招待するからさ。友七《ともしち》親分や戸田《とだ》さまと一緒に来てくれなきゃ嫌《いや》だよ。板頭も腕に縒《よ》りをかけて雛膳《ひなぜん》を拵《こしら》えると張り切っていたからさ！」

文哉が茶を口に含み、相好《そうごう》を崩《くず》す。

「有難《ありがと》うよ。それは是非にも伺《うかが》わなきゃね」

お葉がそう言い、翁煎餅を口に運ぶ。

「そう、この味だ！　いつ食べても美味《おい》しい……」

「そう言えば、ここんちは女ごの子がいないんだ……。それじゃ、雛とは縁がないってことだね」

「ああ、うちは清太郎《せいたろう》だけだからね。おはまにはおちょうって娘がいるけど、おちょうも今や二十二歳……。それに、あたしが日々堂に入ったのが三年前のことで、おちょうが子供の頃に雛を飾っていたのかどうかまで知らないんだよ。おはまもおちょうもそんな話をしないもんだからさ……。えっ、ちょっと待ってよ……。そう言えば、毎年、雛の節句には賄《まかな》いにちらし寿司《ずし》や蛤《はまぐり》の吸物《すいもの》が出てたっけ……。嫌だ、あたしったら、おはまにそんな想いがあったとも知らずに食べてたけど、なんだ、そういうことだったんだ……」

お葉が厨《くりや》のほうをちらと窺い、首を竦める。

「おまえさんはなんといっても、お嬢《じよう》だからね……。放っておいても周囲《まわり》の者がお膳立てをしてくれるもんだから、そうして極楽《ごくらく》とんぼでいられるのさ！」

「お嬢だなんて、天骨《てんこち》もない！」

「だって、十歳になる頃までは、押しも押されもしない太物商《ふとものしよう》よし乃屋《のや》の一人娘だったんだよ。それこそ、乳母日傘《おんばひがさ》で蝶《ちよう》よ花よと育てられ、雛人形ひとつ取っても、古今雛なんてちゃちなものではなく、雛壇飾りに五人囃子《ごにんばやし》、官女《かんじよ》と揃《そろ》っていたんだろう？」

「ああ、そりゃまっ、そうなんだけど……。けど、それも十歳までだ。あとは見ての通り……。おとっつァんや見世があんなことになっちまったんだものね……」

お葉が眉根《まゆね》を寄せる。

文哉はあっと挙措《きよそ》を失い、胸前で手を合わせた。

「ごめんよ……。おまえをそんなふうにさせちまったのは、このあたしだというのにさ……。あたしさえおまえのおとっつァんの前に現れなかったら、おっかさんもあんなことはしなかっただろうと思うと、なんて謝ってよいのか……。ごめんよ、本当に許しておくれ……」

「止《よ》して下さいな。文哉さんを責めてるんじゃないんだ。だって、おまえさんはおとっつァんに本気で惚れていなさったんだもんね……。あたしさァ、甚三郎に出逢ってから、男と女が心底《しんてい》尽《ず》くになるってことがどんなことなのか解ったんだ……。理屈じゃないんだよ。だから、おまえさんがおとっつァんと理《わり》ない仲になり、それが原因《もと》でおっかさんが陰陽師《おんみようじ》に入れ込むようになったのだと聞かされても、妙に納得しちまってさ……。現在《いま》では、文哉さんがおとっつァんと鰯煮《いわしに》た鍋《なべ》(離れがたい関係)になったのも、なるべくしてなったのだと思っているし、おっかさんが見世の有り金を持ちだし陰陽師に走ったのも、これまた宿命《さだめ》と思ってるんだ……。それにさァ、見世が身代限《しんだいかぎ》りになり、あたしが芸の道で生きることになったからこそ、甚三郎に巡《めぐ》り逢えたんだもの……。むしろ、感謝したいくらいだ。さあ、頭を上げておくんなさいよ。あたしと文哉さんの間には、許すとか許さないってものは何ひとつないんだからさ!」

文哉が手を解《ほど》き、お葉を瞠《みつ》める。

「お葉さん、おまえさん、本当に好《よ》い女ごにおなりだね」

「嫌だよ、照れるじゃないか！」

お葉も文哉の目を見返し、ふっと目許《めもと》を弛めた。

犬も朋輩《ほうばい》、鷹《たか》も朋輩……。

これまで数々の辛酸《しんさん》を嘗《な》めてきた二人にしか解らない、そんな特別な感情で、現在《いま》のお葉と文哉は結ばれているのである。

「あらまっ、お越しでしたか……。ちっとも気づかずに失礼しました」

厨のほうから、正蔵の女房おはまが前垂《まえだ》れで手を拭《ぬぐ》いながら入って来る。

「十軒店からの帰りなんだってさ。ほら、手土産に翁煎餅を持って来てくれたんだよ。今、お茶を淹れるから、おはまもひとつお上がりよ」

「十軒店って……。えっ、雛をお求めで？」

おはまが長火鉢の傍《そば》に腰を下ろす。

「ああ、みすずのために奮発したんだよ」

「まあ、それは……。みすずちゃんも幸せ者だこと！　こんなにいいおっかさんが出来たかと思うと、雛人形まで買ってもらえるなんてさ」

お葉は茶を淹れると、改まったように、おはまに目を据《す》えた。

「ところで、おまえんちに雛はあるのかえ？」

「……」

いきなりのことで、おはまが目を白黒させる。

「だからさ、おちょうに雛を買ってやったのかと訊いてるんだよ」

「雛……。ええ、紙の雛は飾りましたけどね。それも十歳になる頃までで、この頃うち、おちょうも飾ってほしいと言わないもんだから……」

「そりゃ可哀相《かわいそう》だ。買ってやりなよ。小っちゃいのでいいからさ！　なんなら、あたしが買ってやろうか？」

おはまが慌てて両手を振る。

「滅相《めっそう》もない！　女将さんに雛を買わせるなんて……。それに、女将さん、おちょうを幾《いく》つだと思ってるんですか？　二十二ですよ。二十二にもなった娘が、今さら雛なんて……。それより、一日も早く嫁に出すことを考えなくちゃなりませんからね」

言われてみれば、なるほど……。

今頃雛を買い求めていたのでは、ますます縁遠くなってしまうかもしれない。

「おはまさん、お葉さんの言うことなんて気にしなくていいんだよ。雛がなくったって、おちょうちゃんはあんなに見目《みめ》よい娘に育ったじゃないか！　それに、お葉さんの話では、おまえさん、毎年、雛の節句にちらし寿司や蛤の吸物を店衆《たなし》に振る舞ってるんだって？　偉いじゃないか、普通、なかなかそこまで出来ないからさ」

文哉に言われ、おはまは鳩《はと》が豆鉄砲《まめでっぽう》を食ったような顔をした。

「だって、それは女将さんに言われたからじゃないですか……」

「あたしが？」

「ええ、日々堂に入られたばかりの頃、おっしゃったではありませんか。便り屋の仕事は年中三界休《ねんじゅうさんがい》むということが出来ない、そこまで店衆に働かせているのだから、せめて、季節の移ろいやそれに伴《ともな》う行事に敏感になり、その都度《つど》その都度、店衆に雰囲気を味わわせてやってくれって……。それで、雛祭にはちらし寿司や蛤の吸物、端午《たんご》の節句には柏餅《かしわもち》や粽《ちまき》、七夕《たなばた》には鯛素麵《たいそうめん》と、行事に見合ったものを作ることにしたんですよ。女将さんが日々堂に入られるまでは、せいぜい大晦日《おおつごもり》の年越し蕎麦《そば》と正月の雑煮《ぞうに》くらいしか作っていませんでしたからね。店衆が悦んだのなんのって……。どこかしら、仕事にも励みが出たようで、それで、あたしも女将さんが言われたのはこういうことだったんだなって……」

文哉がぷっと噴《ふ》き出す。

「なんだえ、言い出しっぺは、お葉さん、おまえさんなんじゃないか！　それなのに、ころりと忘れてるんだから、いかにもおまえさんらしいや。ああ、笑える！」

「女将さんていつもこうなんですよ。自分じゃいいことを言ったつもりがないもんだから、ころりと忘れて手柄をいつも他人《ひと》に譲《ゆず》っちまう！　けど、あたしは女将さんのそういうところが大好きですよ。大好きというより、ほぼ惚れていますからね」

おはまが眩《まぶ》しいものでも見るかのように、目を細める。

「ああ、まったくだ！　あたしもお葉さんに心《しん》から惚れてるよ」

「止しとくれよ、二人とも……。あたしとしては、女ごに惚れられてもさァ」

「てんごうを！　男に惚れられる女ごより、女ごに惚れられる女ごのほうがどれだけいいか！」

文哉に目まじされ、おはまも頷く。

お葉はますます穴があったら入りたい気分になり、気恥ずかしそうにちょいと肩を竦めた。

銀仙楼の下働きお富は、便り屋日々堂の看板の前に立ち、人目を憚《はばか》るかのように首を竦めて四囲《しい》を窺った。

まるで、これから盗みにでも入ろうかといった恰好《かっこう》である。

刻《とき》は八ツ半（午後三時）を廻ったばかりだが、通りを行き交う人溜《ひとだまり》は後を絶《た》とうとしない。

やっぱ、引き返したほうがよいのだろうか……。

お富は物怖《ものお》じしたかのように後退《あとじさ》り、粗末な身形《みなり》を見下ろした。

身につけているのは、上総木綿《かずさもめん》の着物に猿子《さるこ》（袖《そで》なし羽織《ばおり》）に前垂れ……。

何かに憑《つ》かれたように素綺羅《そきら》（普段着）のまま銀仙楼を飛び出して来たが、道行く人々に比べ、お富の身形はどう見ても見窄《みすぼ》らしい。

女郎屋の賄《まかな》い方《かた》にいればどうということもないが、いかになんでも表通りでは場違いに映《うつ》る。

だが、一旦引き返して一張羅《いっちょうら》に着替えるとしても、使用人部屋の柳行李《やなぎごうり》に仕舞っているのは、どれを取っても現在《いま》着ている着物とおっつかっつ……。

大店《おおだな》の内儀《ないぎ》だった頃のお蚕《かいこ》（絹物《きぬもの》）は、とうの昔に質種《しちぐさ》に替わっている。

質の流れと人の行《ゆ》く末は知れぬというが、まさに、お富はそれを絵に描《か》いたように辿《たど》ってきたのである。

が、それもこれも、ちょいとばかし様子のよい陰陽師の口車に乗ったことへの天罰……。

そう思い、これまでは素綺羅の自分に納得し、半ば諦《あきら》めの境地でいたのだが、いざ、お葉を訪ねようと思うと、途端に脚が竦んでしまう。

まさか、おまえの出入りする場所ではないと、こんな襤褸《ぼろ》を纏《まと》った婆さんでも門前払いされることはないだろうが、あまりにもむさい姿に警戒され、お葉の顔が潰《つぶ》れることになりはすまいか……。

けど、あの女《ひと》は言ってくれたんだ。

あたしが力になれるようなことがあったら、いつでも声をかけておくれって……。

お富は意を決して、開け放たれた油障子《あぶらしょうじ》の中をちょいと覗いた。

町小使が忙《せわ》しげに文の束を挟箱《はさみばこ》に詰めているのが目に入った。

帳場に坐《すわ》って帳付けをしているのは、番頭だろうか、それとも手代……。

便り屋ではどんなふうに呼ぶのか知らないが、おそらく、店衆を束ねる頭《かしら》に違いない。

帳場の男が奥に向かって何か鳴り立てている。

お富はハッと首を引っ込めた。

やっぱ、無理だ……。とても、この中に入って行けない。

お富は胸を押さえ、引き返そうと踵《きびす》を返し、きやりとした。

目の前を、上背《うわぜい》のある男が塞《ふさ》いでいるのである。

五尺八寸（百七十四センチ）はあろうかと思える、涼やかな目許《めもと》をした男である。

「どしてェ、婆さん。日々堂に用があるのなら、入《へえ》ったらいいだろ！」

戸田龍之介《りゅうのすけ》であった。

お富は狼狽《うろた》えた。

「いえ、あたしは……」

「用があるから、中を覗いてたんだろ？　文を出してェのか？　それとも、口入屋のほうに用か？」

龍之介が澄んだ目でお富を瞠める。

「用って……。いえ、あたしは……」

「用がねえのに中を窺ってたって？　それじゃ、こそ泥《どろ》と同じじゃねえか」

お富が慌てて首を振る。

「こそ泥だなんて、滅相もない！　あたしゃ、お葉さんに用があるんだよ」

「お葉さんに？　なんでェ、女将に用があるのかよ。だったら、早く言いなよ。今、俺が訪《おとな》いを入れてやるからよ。婆さん、名前《なめえ》は？」

「…………」

お富が目をまじくじさせる。

図体《ずうたい》は大きいが、どうやら悪い男ではなさそうである。

それに、この澄んだ瞳《ひとみ》……。

ごろん坊にはこんな瞳をした男はいないだろう。

「お富……。石場の銀仙楼からお富が来たと言えば解ると思うんで……」

「石場の銀仙楼……。ほう、切見世か。あい解った。今、訪いを入れてやるから待ってな」

龍之介はふっと笑みを浮かべると、見世の中に入って行った。

「戸田さま、今、お帰《けえ》りで……」

中から声が聞こえてきた。

戸田さまっていうんだ、あの男《ひと》……。

総髪《そうはつ》で、腰に大小を差していたところを見ると、浪人だろうか、それとも用心棒……。

けど、ちょいとばかし様子の良い男だったじゃないかえ……。

お富は思わず頰《ほお》を弛めたが、途端に、虚《むな》しくなった。

なんだえ、いい歳をした婆さんが……。

かつて、お葉の母久乃《ひさの》と二人して、上方《かみがた》から来た陰陽師に現《うつつ》を抜かし、挙句《あげく》、流れの里に身を落としたときのことを思い出したのである。

あのときが、三十路《みそじ》も半《なか》ば近く……。

あれから十八年。

今や五十路《いそじ》を過ぎたというのに、身は窶《やつ》れても女心だけはいまだ涸《か》れていないとは……。

と、そのときである。

見世の中から、お葉が飛び出して来た。

「まあ、お富さん！　やっと訪ねて来てくれたんだね。さあ、早く中にお入りよ」

「お葉さん、あたし……。本当に来てもよかったんだろうか……」

「莫迦《ばか》なことをお言いじゃないよ！　いいに決まってるじゃないか。戸田さまがね、銀仙楼のお富と名乗る女ごが表に来ていると言うもんだから、おそらく、おまえさんが入りづらくて遠慮してるんじゃなかろうかと思い、こうして迎えに来たんだよ。さあさ、早くお入りよ！」

お葉がお富の手を引き、見世の中に入って行く。

正蔵や町小使の目が、いっせいにお富に注《そそ》がれた。

お富がぎくりと脚を止め、身を硬くする。

「どうしたえ？」

「あたし……。こんな形《なり》じゃ……」

お富は気後《きおく》れしたように肩を丸めた。

「何言ってんのさ。形なんてどうだっていいんだ。おまえたち、見世物じゃないんだよ！　さっさと仕事をしな！」

お葉がきっと店衆を睨《ね》めつける。

「六助《ろくすけ》、市太《いちた》、何やってやがる！」

正蔵も大声で鳴り立てた。

「ごめんよ、悪かったね。さっ、上がっておくれ」

「へえ……」

茶の間に入ると、龍之介が長火鉢の脇に坐っていた。

「さあ、お座布団《ざぶ》をお当て。今、お茶を淹れるからさ」

「お葉さん、俺、席を外《はず》したほうがいいかな?」

龍之介がお葉を窺う。

お葉はちょいと首を傾《かし》げたが、

「場合によってはそうしてもらうかもしれないが、まあ、お茶を一杯飲んでおいきよ。お富さん、こちらは戸田龍之介さまといってね、日々堂で代書の仕事をしてもらってるんだ。それに、清太郎のやっとうの師匠でもあるしね。まっ、言ってみれば、家族みたいな男《ひと》でさ。で、こちらはお富さんといって、あたしのおっかさんの友達でね。御船蔵前《おふなぐらまえ》にいた頃は、しょっちゅう行き来していたんだよ。言ってみれば、親戚みたいなもの……。家族みたいなものと親戚みたいなものが一緒にお茶を飲むのも、またいいもんだ。ねっ、そう思わないかえ?」

と二人を紹介した。

お富は改まったように威儀《いぎ》を正し、深々と頭を下げた。

さすがは元大店の後家とあって、挨拶が堂に入っている。

「お富にございます。今、親戚みたいなものとお葉さんが紹介されましたが、耳が痛《いと》うございます。何しろ、お店《たな》を顧《かえり》みず、手前勝手に生きた成れの果てが、この姿ですからね。今や便り屋日々堂の女主人《おんなあるじ》となられたお葉さんと、切見世の下働きをしている老婆とでは比べものになりません。本来なら、あたしのような女ごが皆さんの前に出るべきではないのですが、あたし一人ではどうしていいのか思い倦《あぐ》ね、それで、お葉さんの知恵を拝借できないものだろうかと、思い切って訪ねてみたんですよ」

お富がそろりと上目にお葉を窺う。

「やはり、俺は席を外そう。なっ、そのほうがいいだろう?」

龍之介が慌ててお葉に目をくれる。

が、お富は腹を括《くく》ったかのように言い切った。

「いえ、おまえさまにも聞いてもらいましょう。この際、殿方の意見を訊くのもいいかと思うんで……」

お葉と龍之介が顔を見合わせる。

「あい解った。じゃ、戸田さまにも聞いてもらおうね。けど、その前に、おはま特製の吊《つる》し柿とお茶を頂《いただ》こうじゃないか!」

お葉はお富の緊張を解《ほぐ》すかのように微笑《ほほえ》むと、茶菓《さか》を勧《すす》めた。

「実は、うちの夕霧という女郎のことなんですが、此の中、毎日、首を長くして、牛込にいる弟から文が届くのを待っていましてね。夕霧のほうは一廻り《ひとまわ》（一週間）に一度は文を出しているんだけど、銀仙楼に鞍替してきて以来、一度たりとも返事が届いたことがないんですよ。それで、周囲《まわり》の者は、夕霧に弟なんていないのじゃないか、頭の中で絵空事《えそらごと》を描いているだけの見ぬ京物語、と夕霧のことを嘘つき呼ばわりしてみたり、頭がおかしいのではないかと嘲笑《あざわら》うようになりましてね。正《まさ》な話、このあたしも腹の中でそう思っていたんですよ。けど、半年前から夕霧が労咳病《ろうがいや》みになりましてね。瘡毒に罹《かか》った女ご同様に鳥屋にかけられ、蔵の中に押し込まれちまって……。あたしは下働きをしているもんだから、そんな夕霧の世話をしてるんですが、節分を過ぎた頃から病状は悪化の一途を辿る一方で……。ええ、一応、医者には診《み》せてるんですよ。けど、医者が言うには、もうあまり永くないだろうということで……。その夕霧が譫言みたいに言うんですよ。死ぬ前に、ひと目でいいから弟に逢いたいと……。あたし、居ても立ってもいられなくなりましてね。本当に絵空事なら放っておいても構わないけど、仮に弟が実在するのであれば、今生《こんじよう》の別れにひと目逢わせてやりたいと……。けど、消炭や遣手はせせら笑うばかりで、相手にしてくれません。

それで、これまで日々堂の男衆に夕霧の書いた文を手渡していたんだから、弟なる者が本当にいるのかどうか調べてほしいと思いましてね」

お富が縋《すが》るような目で、お葉を見る。

「ちょいとお待ちよ。大横川より南は与一の担当だ……。すると、与一が夕霧の文を預かって帰ってたってことだね。だが、宛先は牛込だろ？　となると、文は葭町送りとなり、山源が配達することになるんでね。弟の手許にちゃんと届いていたのかどうか、うちでは計《はか》り知れないということ……」

お葉が眉根を寄せる。

「だがよ、文はちゃんと届いていたんだよ。だから、宛先不明で戻って来なかった……。てこたァ、ちゃんと弟はいるってことじゃねえか」

龍之介も首を傾げる。

「まさか、山源の町小使が文を握り潰《つぶ》しはしないだろうからさ。やはり、届いてたってことになるんだろうね」

「で、宛先は？　お店者《たなもの》なのかえ？　それとも、職人……」

龍之介に見据えられ、お富は目のやり場に困ったかのように面伏《おもぶ》せた。

「それが、永井和彦とかいうお武家で……」

「お武家ですって！」

「その姉が石場の女郎とは……」

お葉と龍之介は唖然《あぜん》とし、顔を見合わせる。

「詳《くわ》しい事情は知りませんが、先《せん》に、夕霧がぽつりとあたしに洩《も》らしたことがありましてね。なんでも、夕霧と和彦の父親《てておや》は浪人だそうで……。父親は自分の代では終《つい》しか仕官が叶《かな》わなかったが、なんとしてでも息子だけはと東奔西走《とうほんせいそう》したそうで、息子に学問を身につけさせるためには犠牲を惜《お》しまなかったといいます。そんな父子《おやこ》の前に、仕度金《したくきん》を用意すれば御家人株《ごけにんかぶ》を斡旋《あっせん》するという者が現れたとか……。そのとき、父親が夕霧、いえ、元は夕里という名なんですがね。夕里に言ったそうです。和彦を仕官させるために姉のおまえが犠牲になり金を作るように、和彦の仕官が叶った暁《あかつき》にはおまえを身請《みうけ》し、元の暮らしに戻してやるからと……。ところが、その後、父親は他界し、夕霧を身請するという約束はあってなきがごとし……。それでも、夕霧は和彦を恨《うら》むどころか、三十俵《ぴょう》二人扶持《ぶち》の槍組同心《やりぐみどうしん》では自分を身請することなどとうてい無理だろう、そんなことは端《はな》から解っていたし、自分は弟が武家として生きてくれればそれで満足なのだ、それが父親を悦ばせることになり、延《ひ》いては、永井家の夢《や》が叶うことになるのだからと言いましてね。それからは、あの女《ひと》、弟と文の遣り取りをすることだけを唯一《ゆいいつ》の愉《たの》しみとしたんですよ。ところが、あるときから、弟の文がふっつりと途絶えた……。あの女《ひと》、言っていましたよ。おそらく、弟は妻帯したのに違いない、だから女房への手前、姉が遊里に身を置いていることを知られたくないのではと……」

お富が辛《つら》そうに肩息を吐く。

「なんて弟なんだ！　自分のために姉が泣く泣く遊里に身を落としたというのによ。女房に知られたくないって？　てんごう言うのも大概《たいがい》にしな！」

龍之介が苦々《にがにが》しそうに悪態を吐く。

「けど、夕霧はその後も弟に文を出し続けたんだろう？」

お葉がお富に訊《たず》ねる。

「いえ、夕霧は弟の想いに気づき、文を出すのを憚ったそうで……。ところが、その後、夕霧も五町から深川門前仲町、裾継、土橋と流れ流れて、結句、世間から吹きだまりと呼ばれる石場に流れ着いたんだが、この頃より、無性《むしょう》に弟が恋しくなったそうでしてね。それで、再び、文を送り始めた……。今さら身請してくれとは願わないが、ひと目おまえに逢いたいのだ、せめて文のひとつも寄越してほしいと……」

「ところが、弟からは梨《なし》の礫《つぶて》ってわけかよ！」

龍之介がチッと舌を打つ。

「夕霧には気の毒だけど、そんなふうに打ち明けられてもあたしたちは誰も信じちゃいませんでした。けど、次第に弱っていく夕霧を見ていると、いつしかあたしも疑心《ぎしん》暗鬼《あんき》になりましてね。万八《まんぱち》（嘘）を吐くにしても、ここまでの嘘が吐けるだろうかって……。夕霧の言っていることが本当なら、せめて、今際《いまわ》の際《きわ》に逢わせてやりたい。そう思うのが人の情ってもんでしょう？　ああ、あたしは差出をしようとしてるんでしょうか？　それが判断できないもんだから、これはなんでも、お葉さんに相談してみなければと思いましてね。ねっ、どう思います？」

お富がお葉に目を据える。

お葉は間髪《かんはつ》を容《い》れず、答えた。

「差出なんかであるもんか！　こちとら、文を預かった立場だからね。縄張りもへったくれもないさ！　ああ、解ったよ。山源を通さずに、牛込の武家屋敷に永井和彦という槍組同心がいるかどうか調べてみようじゃないか」

お富の顔がパッと輝く。

慌てたのは龍之介である。

「待てよ、お葉さん！　そんな安請合《やすうけあい》をしていいのかよ……。いや、山源が文句を言うとかの話じゃねえんだ。永井和彦という侍がいたとしてもだぜ、単刀直入《たんとうちょくにゅう》に、おめえさんに女郎の姉がいるかと訊くのかよ？」

「ああ、訊くさ。持って廻った言い方をするより、なぜ、病に臥《ふ》した姉を見舞ってやらない、死に行く姉に犒《ねぎら》いの言葉ひとつかけられないとは、男、いや、人とはいえないのじゃないかえって……」

「お葉さんの気持は解る。俺だってそう思うぜ。だが、そんなふうに短兵急《たんぺいきゅう》にことを決めてよいものだろうか……。ここはひとつ、宰領に相談してみてはどうだろう」

龍之介の言葉に、お葉がハッと眉を開く。

そうだった……。

正蔵に訊くのが先決だった。

「正蔵、ちょいと、正蔵！」

お葉が見世に向かって大声を上げる。

正蔵は何事かといった顔をして、茶の間に入って来た。

「お呼びで？」

「いいから、お坐《すわ》り。この女《ひと》はお富さんといってね。現在《いま》、石場の銀仙楼で下働きをしているんだけど、実は……」

お葉は夕霧のことを説明した。

正蔵は神妙な顔をして聞いていたが、お葉が山源に代わって牛込の永井和彦に探りを入れようと思うと告げると、あっと色を失った。

「女将さん、それはいけやせん。そんなことをしたんじゃ、山源が黙っているわけがねえ！　永井某《なにがし》という侍を探るにしても、まず、山源に話を通し、了解を得てからでねえと……」

正蔵が難色を示すのも無理はなかった。

今は亡き甚三郎が山源から独立し、深川黒江町《くろえちょう》に便り屋日々堂を開いたときに、総元締である山源から、大川より東を縄張りとするのなら独立を許す、と言われていたのである。

つまり、大川を挟んで江戸を二分し、互いに持ちつ持たれつでいこうということであり、以来、日々堂の管轄で集めた文であろうとも宛先が大川より西であれば、葭町の山源に送られるようになったのだった。

むろん、山源が集めた文も、宛先が大川より東であれば日々堂へと届けられる。

よって、夕霧が認《したた》めた牛込宛の文も山源の管轄となり、理由はどうあれ、そこに割って入ることは許されない。

お葉にもそのことは重々《じゅうじゅう》解っていた。

だが、刻々《こっこく》と死が迫《せま》り寄る夕霧を前に、いかにいってても、これではもどかしい。

「どうにかならないかね……」

お葉にしては珍しく、心許《こころもと》ない声を出す。

「なりません。もう二度と、縄張り争いはごめんです！　女将さん、どうでやしょう。ここはひとつ、山源に腹を割って相談してみては……。総元締も鬼ではありやせんからね。このあっしでさえ、夕霧の話を聞いて思わず涙ぐみそうになったほどだから、あの総元締といえども力を貸してくれなさるんじゃ……。いや、話を通すだけで構わねえんだ。日々堂の手で永井さまと話をつけるが、此度だけはどうか黙認してくれないだろうかと頭を下げれば、山源も人の子……。きっと解ってくれると思いやすがね」

正蔵が嚙《か》んで含めるようにお葉を諭《さと》す。

「正蔵の言う通りかもしれないね。解ったよ、早速《さっそく》、明日にでも葭町に行って来るよ。そうだ、佐之助を連れて行こう！　山源から許しが出れば、すぐさま、その脚で牛込へと走れるからさ」

「えっ、では、女将さんが永井さまと直談判《じかだんぱん》をなさるんで？」

正蔵が狐《きつね》につままれたような顔をする。

「当たり前じゃないか。女ごの気持は女ごにしか解らないからね。夕霧の想いを伝えられるのは、あたししかいないじゃないか！」

「そりゃそうなんですが、おいおい大丈夫《でえじようぶ》かよ……。相手はお侍でやすぜ。万が一、やっとうでも振り回されたんじゃ敵《かな》わねえからよ……」

正蔵が苦虫《にがむし》を嚙み潰したような顔をする。

「では、俺が供をしようじゃねえか！」

龍之介がきっぱりとした口調で言う。

「戸田さまがご一緒に？　そうしてもらえると、心強《こころづえ》ェことこのうえねえが……。

女将さん、ようござんしたね」

「済まないね。じゃ、そうしてもらおうか。お富さん、そういうことだから、あとはこのあたしに委《まか》せ、安心して帰っておくれ！」

お富は急転直下《きゆうてんちよっか》のこの展開に目をまじくじさせたが、心《しん》から安堵《あんど》したようで、ふうと太息《ふといき》を吐いた。

「さあ、丁《ちよう》と出るか半《はん》と出るか……。が、やってみないことには前へと進まない！」

お葉がポンと胸を叩《たた》いてみせる。

どうやら久々に、俠《きゃん》で鉄火《てっか》な辰巳芸者 魂《だましい》が戻ってきたようである。

永井和彦の屋敷は、逢坂《おうさか》から富士見馬場町《ふじみばばちょう》へと上ったところにあるという。この界隈《かいわい》は四囲のどこに目を向けても、武家屋敷ばかりである。

お葉は四ツ手（駕籠《かご》）に揺られながら、たった今逢ってきたばかりの、山源源伍《げんご》の顔を思い出していた。

僅《わず》か半年見ない間に、源伍はすっかり面変《おもが》わりをしていた。

相変わらず太り肉《じし》なのには違いはないが、以前はてかてかと脂《あぶら》ぎっていた顔が白く浮腫《むく》んでみえ、炯々《けいけい》とした凄味《すごみ》のある光を放っていた目には、疲労の色がありありと窺えた。

どこか身体の具合でも悪いのかと思ったが、お葉の想いを察したのか、源伍は取ってつけたような笑みを頬に貼《は》りつけ、弁解がましく説明した。

「まったく、弱り目に祟《たた》り目とは、まさにこのこと……。年末に風邪《かぜ》を拗《こじ》らせたかと思うと、引き続き痛風《つうふう》に罹っちまってよ。立っていられないほどの激しい痛みに悩まされたもんだから、いやァ、参った……。そのため食も進まないのだが、まっ、医者に言わせれば、むしろ、あたしの場合は食が進まないくらいでよいそうなんだが、なんだか気分までがくさくさしてよ……」

なんだえ、結句、贅沢病《ぜいたくびよう》ということかえ……。

お葉は胸の内で毒づいた。

正な話、いい気味よ、と思ったのである。

これまで源伍は口入屋、町飛脚の総元締として君臨し、血も涙もないと言われるほどに阿漕《あこぎ》な商《あきな》いをしてきたのである。

持ち前の凄味を利かせて男衆を扱《こ》き使い、自分はのうのうと牛飲馬食《ぎゅういんばしょく》をしてきた結果がこうなのであるから、自業自得《じごうじとく》といってもよいだろう。

お葉にはさらさら同情する気にはなれないが、まかり間違っても、そんなことは口に出せず、もっともらしく眉根を寄せてみせると、見舞いの言葉をかけた。

「それは難儀をしなさったたね。痛風は風に吹かれただけで痛むといいますからね、お大事にして下さいませ。そんなときに煩《わずら》わしいことを持ち込むようで心苦しいんだが、今日は折り入っての相談というか、お願いがありましてね」

「お願いだと?」

源伍は脇息《きょうそく》に預けた身体を起こし、脚が痛むのか顔を顰《しか》めた。

「いいから、早く言いな！」

お葉は少し躊躇《ためら》ったが、意を決して続けた。

「実は、葭町送りにした文のことなんですがね。いえ、こちらに送ったからにはうちが差出をすることではないと重々承知なんだが、この件だけはどうしても山源の許しをもらいたくてね……」

お葉は夕霧と永井和彦の関係を説明した。

「ほう、今際の際にひと目弟に逢いたいと……。それが叶わぬのであれば、せめて、返書の一通でも欲しいとな？」

源伍は何か考えているようだった。

が、お葉はどこかしら拍子《ひょうし》抜けした想いでいた。

これまでの源伍なら、差出したことに激怒とまではいかないものの、皮肉のひとつも言ったであろう。

それが、何やら神妙な面差《おもざ》しをして考えているのである。

「よし解った。うちの若い衆に牛込を当たらせよう。それとも、そんなまどろっこしいことでは気が済まず、お葉さん、おめえさんが永井和彦の屋敷に掛け合おうって腹か？」

源伍がお葉の顔を睨めつける。

「ああ、そうさせてもらえると有難いんだけど、駄目かえ？」

「いや、駄目というわけじゃねえ。やっぱりなあ、おめえさんならそう来ると思ったぜ……。よいてや！　好きにやんな。この件に関しては、山源は見て見ぬ振りで徹《とお》すからよ」

「…………」

なんと、こんなにもあっさり承諾《しようだく》するとは……。

お葉は半信半疑《はんしんはんぎ》で目を瞬いた。

「どうしてェ、俺の言葉が信じられねえってか？　まっ、これまでおめえさんには嫌がらせの限りをしてきたから、そう思われても仕方がねえんだがよ……。けどよ、俺《おり》ャ、しょうもねえことにいちいち肩肘《かたひじ》を張るのを止《や》めたのよ。五十路も半ばを越し、病を得てやっと、この世は金がすべてじゃねえことを悟《さと》ってよ。ふっと、おめえさんところの和気藹々《わきあいあい》とした雰囲気を羨《うらや》ましく思うようになってよ。なんだか今頃になって、甚三郎が目指したものが解ったような気がしてな。惜しい男を亡くしちまったぜ……」

お葉は源伍の言葉に嘘はないと思った。

それが証拠に、源伍の目がきらと光ったのである。

お葉は信じられないものでも見たような想いに陥《おちい》ったが、じわじわと胸に衝《つ》き上げてくる熱いものに、思わず目頭《めがしら》までを熱くした。

鬼と言われた源伍も、寄る年波《としなみ》には敵《かな》わない……。

というか、そこには、ひと言では片づけられない複雑な感情があったのである。

山源の男衆は切り絵図を持ち出し、牛込富士見馬場町にある永井和彦の屋敷を懇切《こんせつ》丁寧《ていねい》に教えてくれた。

富士見馬場町を管轄とする男衆は、確かに、これまで夕里という差出人の文を永井の婢《はしため》に手渡していたという。

では、夕霧の弟永井和彦は間違いなく実在し、文も届けられていたということ……。

お葉の心は千々《ちぢ》に乱れた。

何ゆえ、和彦は姉の文を無視し続けたのであろうか……。

そんなことを考えていると、陸尺《ろくしやく》（駕籠《かご》舁《か》き）が脚を止め、

「着きやしたぜ！」

と声をかけてきた。

お葉が四ツ手から降りると同時に、後からついて来た四ツ手も追いついて来た。

その後から、佐之助が息を切らすことなく駆けて来る。

龍之介は四ツ手から降りると、佐之助の顔を見て感嘆の声を上げた。

「さすがは日々堂随一《ずいいち》の駿脚ときて、大《てえ》したもんだぜ！　四ツ手に後《おく》れを取ることなく、ついて来たんだもんな」

「いやァ、もうくたくたで……」

佐之助はそう言ったが、さほど息も上がっていない。

どうやら、もうすっかり本調子に戻ったようである。

お葉は陸尺に駕籠賃の他に酒手《さかて》（駄賃）を弾《はず》むと、

「帰りに辻駕籠を拾おうと思ったら、やはり、牛込御門まで出なくちゃならないかえ？」

と訊ねた。

酒手を弾んでもらった陸尺が、なんなら待っていやしょうか、と愛想口《あいそぐち》を言う。

が、永井和彦との話が四半刻《しはんとき》（三十分）ほどで終わるという確証はない。

万が稀《まれ》、話が拗《こじ》れて長引いたとしたら……。

「いや、帰りはいつになるか判らないんでね。待ってもらうことはないさ」

「さいで……。じゃ、やっぱり牛込御門まで歩きなすったほうがようござんすよ。たまに流しの四ツ手が通ることがありやすが、ここら辺りじゃ滅多にねえことなんで……」

「そうかえ。おかたじけ！」

お葉は陸尺に片手を上げて合図すると、くるりと背を返した。

永井の屋敷は周囲《まわり》の屋敷が士分《しぶん》以下の木戸門なのに比べ、敷地も広ければ門も冠木《かぶき》門《もん》となっている。

槍組同心の屋敷にしてはいささか不相応な気がするが、武家のことに疎《うと》いお葉には計り知れないこと……。

が、さすがは、鷹匠《たかじよう》支配《しはい》旗本千五百石《こく》の次男坊として生まれた龍之介……。

「ほう、永井はなかなか金繰《かねぐ》りがよいとみえるな」

龍之介にしては珍しく、口に悪を持った言い方をする。

おそらく、三十俵二人扶持の屋敷にしては分《ぶん》不相応と思ったのであろう。

「では、俺が訪いを入《い》れてくるので、お葉さんたちはここで待っていてくれないか」

龍之介が正門脇の潜《くぐ》り戸に手をかける。

中から鍵《かぎ》はかかっていないとみえ、潜り戸はすんなりと開いた。

しばらくして、再び龍之介が潜り戸から顔を出し、お葉たちを手招きした。

「婢とすったもんだと遣り取りし、やっと内儀に話が通ってよ。逢ってもよいと言っているようだから、さっ、中に入《へえ》んな」

なんと、武家屋敷ともなると仰々《ぎようぎよう》しく、市井《しせい》のようにすんなりと話が通らないところが、いかになんでも気ぶっせいである。

お葉たちは婢に案内され、勝手口へと廻った。

が、敷地内に入り改めて屋敷を見廻すと、建物そのものはさして広くないようである。

思いの外《ほか》、御家人の暮らしぶりは質素とみえる。

しかも、水口《みずぐち》から厨に入ると、ここも六畳ほどの板間に三畳ほどの土間があるきりで、これでは日々堂の厨の半分にも満たない……。

板間の真ん中に囲炉裏《いろり》が切ってあるところを見ると、おそらく、ここは食間として使われているのであろう。

「ここでお待ち下さいませ」

婢は三人を板間に上がらせると、円座《えんざ》を勧め、奥に入っていった。

土間で野菜を洗っていた下働きの女ごが板間に上がって来て、囲炉裏にかけた鉄瓶《てつびん》の湯を急須《きゅうす》に取り、茶の仕度を始める。

と、そこに、奥から永井和彦の内儀が現れた。

三十路絡《がら》みの内儀は、お葉たちを流し見ると、改まったように咳《しわぶき》を打った。

「永井の家内にございますが、便り屋がわたくしどもに何用で？」

よく通る澄んだ声だが、それは背筋が凍《こお》るほどに高飛車《たかびしゃ》な言い方だった。

永井の内儀は律江《りつえ》と名乗った。

面長《おもなが》で、心持ち目尻が吊り上がった権高《けんだか》な面差しをしている。

「では、夕里という女ごからの文は受け取っていたが、それが和彦、いえ、ご亭主の姉だとは思わなかったと？　そんな莫迦な！　ご亭主に確かめれば判ることじゃないですか」

お葉は律江の木で鼻を括《くく》ったような応対に業《ごう》が煮え、思わず甲張《かんば》ったように鳴り立てた。

「ですから、何度も言いましたように、夕里というのがどこぞの遊女で、ただの蕩らし文と思ったのですよ。そんなものを主人に見せるわけには参りません。それで、妻のわたくしが握り潰しましたが、そのことで便り屋風情《ふぜい》のおまえさまに責められる謂《い》われはございません」

「便り屋風情で悪うござんしたね！　生憎《あいにく》、この便り屋風情には人の持つ情ってものが痛いほどに解るもんでね。病に臥し、余命幾ばくもない、たった一人の姉さんを見て見ぬ振りで徹す、お武家ってェのがどんな面《つら》をしているのか拝《おが》みたいと思ってさ！　おまえさんじゃ話にならない。早く、亭主を呼んで来な！」

「生憎、主人は外出中でして……」

「では、帰るまで待たせてもらおうかね」

お葉がそう言うと、律江は不快そうに眉根を寄せた。

「それに、わたくしは主人に姉がいるとは聞いていませんもので……」

「てんごうを！　おまえさんが知らないというのなら、あたしが教えてやろうじゃないか……。おまえさんのご亭主は御家人株を買うために、たった一人の姉さんを女衒《ぜげん》に売り飛ばしたんだよ！　もっとも、そう決めたのはおまえさんのご亭主ではなく、息子をなんとしてでも仕官させたいと願った父親《てておや》なんだけどさ。父親は夕霧に、いや、これは遊女になってからの源氏名《げんじな》で、夕里のことなんだけど、こう言ったそうだ。おまえが弟のために犠牲になれ、その代わり、仕官が叶った暁には必ず身請して元の暮らしに戻してやると……。それなのに、いざ仕官が叶うと、夕里のことは知らぬ存ぜぬ……。おまえさんのご亭主は姉さんの犠牲のうえに仕官が叶ったというのに、頰《ほ》っ被《かぶ》りしたんだよ！」

律江が狼狽え、土間にいた下働きの女ごに外に出ろと目まじする。

が、そのとき、奥の間に続く板戸がかすかに揺れた。

お葉はさっと龍之介に目をやった。

龍之介が目で頷く。

龍之介も人の気配に気づいたとみえる。

ならば、尚《なお》のこと……。

夕霧に代わって、あたしが思いの丈《たけ》を募ってやろうじゃないか！

「姉さんは弟に裏切られたんだよ！　けど、健気《けなげ》じゃないか……。夕霧はね、父親《てておや》や弟からそんな仕打ちを受けても恨まなかったそうだよ。三十俵二人扶持の槍組同心では、自分を身請することなどとうてい無理だろう、そんなことは端《はな》から解っていた、自分は弟が武家として生きてくれればそれで満足なのだ、それが父親を悦ばせることになり、延いては永井家の夢が叶うことになるのだからと、そう言ってさ……。だから、せめて文の遣り取りをすることで、心に折り合いをつけようとしたんだが、あるときから、ふっつり文が途絶えたというじゃないか……。夕霧はね、そのときも自分なりに納得しようとしたんだよ。おそらく、弟は妻帯したのに違いない、それで、女房への手前、姉が遊里に身を置いていることを知られたくなかったのではと、そう言ったそうだからね。夕霧はそこまでおまえさんたちのことを思い遣っていたんだよ！　それでしばらくは文を出すのを憚っていたが、流れの里を転々と流れていくうちに、身の衰《おとろ》えと共に心寂《うらさび》しくなってきた……。そりゃそうさ。女ご一人、身体を張って生きていかなきゃならないんだもの……。たった一人の肉親、弟を恋しく思ったところで不思議はないだろう？　だから、再び、文を送り始めたんだ。今さら身請してくれとは願わないが、ひと目弟に逢いたい、それが叶わないのであれば、せめて文のひとつでも寄越してほしいと……。そう願って、それのどこがおかしい？　おまえさんも人の子なら、そんな夕霧の気持が解らないはずはないだろう？」

お葉が厳しい目で律江を睨めつける。

お葉は律江にというより、板戸の陰に隠れた和彦に語りかけたつもりであった。

どうだえ、和彦。姉さんの気持が解ったかよ！

本来ならば、夕霧の前で土下座して謝ってもよいところだが、それが出来ないというのなら、せめて、死に行く姉の手を握り締め、ひと言、済まなかった、有難うと感謝の意を伝えておくれ……。

そんな想いで言ったつもりであった。

並の人間なら、当然、涙のひとつ見せてよいところである。

が、驚いたことに、律江には暖簾《のれん》に腕押し……。

律江は眉ひとつ動かさなかった。

律江はお葉の話を聞き終えると、それだけ言えばもう満足だろうといったふうに口《くち》許《もと》に皮肉な嗤《わら》いを湛《たた》え、終わりましたか？　と訊ねたのである。

「お話は承《うけたまわ》りました。けれども、当方にはどこのどなたのことをおっしゃっているのか見当がつきかねます。先ほども申しましたが、主人に姉はおりませんし、わたくしどもでは夕里という女性から文が届いても、遊女のただの蕩らし文と解《かい》し、開封しないまま竈《かまど》の火にくべておりましたの。ですから、長々と世話物語をなさいましたが、当方にはまるきり関わりのないこと……。どうぞもう、お引き取り願いましょうか」

「………」

「…………」

「…………」

お葉も龍之介も、佐之助までが言葉を失った。

「それとも、その方が主人の姉だという証拠でもお持ちですか？」

「…………」

お葉は途方に暮れた。

証拠などあるはずがない。

夕霧の言葉を信じ、衝き動かされたように行動に移したのであるが、考えてみれば、夕霧が作り話をした可能性もなくはないのである。

永井和彦は確かにいた。

夕霧の言葉通り、槍組同心で牛込に拝領屋敷もあった。

だが、夕霧は石場に流れて来るまで、五町をはじめとして、数々の遊里を転々としてきたのである。

仮に、その頃、夕霧がどこかの遊里で永井和彦を見知り、片恋をしたのだとすれば……。

それなら、律江が言うように、遊女の蕩らし文と思い処理されたとしても仕方がない。

「ほほっ……」

律江は口に袖《そで》を当て、肩を揺すった。

こうなると、手も脚も出ない。

お葉はきっと目を上げると、

「おかっしゃい！　ああ、確かに証拠はないさ。だが、あたしも海千山千《うみせんやません》の世界をかいくぐってきた女ごだからね。死を間近にした女郎が、この期《ご》に及んで嘘を吐くとは思えなくてさ。ああ、おまえさんがあくまでも夕霧と関係がないと言い張るのなら、それもいいさ！　あたしは夕霧の言葉を伝えたかっただけだからさ。おまえさんがどう思うかなんて知ったことじゃない！　さっ、戸田さま、こんなところに長居は無用だ。帰ろうじゃないか！」

お葉が顎《あご》をしゃくる。

龍之介はむくりと立ち上がった。

「俺はただの付き添いで、口を挟んじゃならねえと思いこれまで黙っていたが、おっ、そこの木戸の陰に隠れている男、耳をかっぽじってよく聞きな！　疚《やま》しいところがねえのなら、女房を楯《たて》にしてねえで、堂々と出て来ちゃどうだえ！　出て来られねえのは、てめえに疚しい気持があるからじゃねえのか！　そんな男は武士の風上《かざかみ》にも置けねえ。こんな輩《やから》が偉そうに武家面《ぶけづら》をしているのかと思うと、虫酸《むしず》が走るぜ！　俺は武家を捨てた男だが、武士に未練など寸毫《すんごう》もねえ。おめえの態度を見ていると、つくづく武士など何ほどのものかよと思ってよ……。おう、邪魔したな！」

龍之介がわざと腰で二本差しをカチンと打ってみせる。

律江の顔から色が失《う》せた。

「じゃ、おさらばえ！」

お葉は片手を上げると、振り返ろうともせず、水口から出て行った。

お葉は全身の力が抜け落ちたかのように、虚脱状態のまま家路についた。

一体、自分は何をしようとしたのであろうか……。

現在《いま》もお葉の脳裡《のうり》に、能面《のうめん》のように一切《いっさい》の感情を圧《お》し殺した、律江の顔が焼きついている。

律江は、お葉がこれまで接してきた誰とも違った。

何を言われても微動だにせず、それでいて、律江の放つ言葉は、その一つ一つが相手の心をぐさりと突き刺したのである。

およそ、血の通った女ごには思えない。

そんな女ごを相手に一人相撲《ずもう》を取ってきたのであるから、虚しさばかりが募り、言葉を発するのも億劫《おっくう》であった。

おそらく、その想いは龍之介も佐之助も同じであったのだろう。

牛込御門で辻駕籠を拾うまで、三人はひと言も喋《しゃべ》ることなく、放心したように四ツ手に揺られて戻って来たのだった。

「お帰《けえ》りやす。女将さん、どうなさいやした？　ずいぶんとお疲れの様子で……。おや、戸田さまも……。一体《いってえ》、どうしやした？」

日々堂の暖簾を潜ると、待ち構えていた正蔵が気遣《きづか》わしそうな顔をして寄って来た。

「ああ、くたびれちまってさ……」

「お疲れのところをなんでやすが、茶の間でお富さんがお待ちで……」

「そうかえ……」

お葉は肩息を吐くと、茶の間に入って行った。

お富になんと伝えてよいのか判らない。

ありのままを話すにしても、あまりにも酷《むご》すぎるではないか……。

が、その場凌《しの》ぎのことを言い期待を持たせたのでは、もっと惨《みじ》めなことになりかねない。

やはり、ありのままを伝えるより仕方がないだろう。

お富はお葉の姿を認めると、膝行するようにして寄って来た。

「まあ、お葉さん、早速行ってくれたんだってね。それでどうでした？　夕霧の弟に逢えたのかえ？」

お葉は長火鉢の傍まで行くと、力尽きたように蹲《うずくま》った。

その姿を見て、厨のほうから慌てておはまが茶の間に駆け込んで来る。

「女将さん、たいそうお疲れの様子で……。いえ、女将さんは休んでいて下さい。お茶の仕度はあたしがしますんで……」

「済まないね」

お葉は肩息を吐くと、お富を瞠めた。

「それがさ、和彦の女房には逢えたんだけど、肝心《かんじん》の和彦が留守でさ……。いや、留守なんかじゃないいんだ！　ちゃんといたんだよ。板戸の陰に隠れて盗み聞きしてたんだ」

「盗み聞きって……。じゃ、女房に応対させて、自分は隠れてたってことですか？　なんて男なんだえ！」

おはまが茶を淹れながら、呆《あき》れ返ったような顔をする。

「だろう？　とにかく、話にならないんだよ……」

お葉は永井の内儀律江との遣り取りを具《つぶさ》に話した。

「まっ、なんて女ごなんだえ！　女将さんの話を世話物語だって？　当方にはまるきり関係がないだって？　てんごう言うのも大概にしなっつゥのよ！」

おはまが怒りに顔を紅《あか》く染め、悔《くや》しそうに唇を噛む。

「けどさ、証拠を出せと言われて、あたし、もう何も言えなくなっちまってさ……。そんなものがあるわけがない。あるのは、夕霧がお富さんに打ち明けた話だけでさ。それだって、本当かどうかまで判らないんだもの……」

お葉が困《こう》じ果て、顔を曇《くも》らせる。

お富が気を兼ねたようにお葉を窺う。

「申し訳ありませんでした。まさか、先方がそう出て来るとは思ってもみなかったので、おまえさんに嫌な思いをさせることになっちまい、本当に悪かったね。お葉さんはどう思っているか知らないが、あたしは現在《いま》でも夕霧の話を信じていますよ……。だから、もういいんです。お葉さんの口から夕霧の現状を知らせることが出来たんだもの、これであの女《ひと》も安心して死んでいけるだろうから……」

「死ぬって……。えっ、もうそんなに悪いのかえ？」

「医者の話では、よく保《も》って二、三日だろうと……」

「二、三日……」

「今聞いた話では、夕霧が出した文は開封されないまま火にくべられたというのでしょう？　だから、尚のこと、最後にこうしてお葉さんの口から夕霧の想いを伝えることが出来、これでもう本望《ほんもう》……。せめて、そう思わないと、あんまし切なすぎるじゃありませんか」

お富の頰をはらはらと涙が伝った。

「そうかえ……。じゃ、あたしが永井の屋敷を訪ねたのも無駄じゃなかったんだね」

お葉の目にもワッと熱いものが衝き上げてくる。

その背を、おはまがそっと擦《さす》る。

「これで良かったのですよ。きっと、夕霧さんにも女将さんの気持が伝わったでしょうからね」

「そうだといいんだが……。辛いね。これじゃ切なすぎるじゃないか！　せめて、ひと目だけでも弟に逢いたかっただろうに……」

お葉は堪《こら》えきれずに肩を顫《ふる》わせた。

おはまも前垂れを顔に当て、噎《むせ》ぶようにして泣いている。

不憫《ふびん》な生涯に幕を閉じようとしている、夕霧……。

が、少なくとも、ここに夕霧のために涙を流す女ごが三人はいる。

夕霧、堪忍え……。

あたしには、おまえのために涙を流してやることくらいしか出来ないんだよ。

堪忍え、堪忍え……。

お葉は激しく肩を顫わせた。


「みすず、綺麗《きれい》な着物《べべ》を着せてもらって、幸せそうだったじゃないか」

御船橋《みふねばし》を渡りながらお葉が呟《つぶや》くと、隣《となり》を歩いていた龍之介が、ああ、まったくだ、と相槌《あいづち》を打つ。

熊井町《くまいちょう》の千草の花からの帰りである。

今宵《こよい》、文哉からみすずのために雛膳を仕度したので、友七親分と龍之介を誘って是非にも来てほしいと、お葉にお呼びがかかったのである。

ところが、友七にはどうしても外せない御用があるという。

それで、龍之介と二人で千草の花に出掛けたのであるが、みすずは晴れて文哉の養女となって初めての雛祭とあり、それはそれは幸せそうだった。

昨年の秋、母親に自裁《じさい》され、文哉に引き取られたのが年の瀬も押し迫った頃で、正式に文哉の養女になったのは二月になってからのことだというのに、文哉もみすずもまるで本当の母娘《おやこ》かと見紛《みまが》うほどに仲睦《なかむつ》まじく、お葉はほっと安堵の息を吐いたのである。

「みすずも愛らしかったが、今宵の雛膳の見事なこと！　蛤の殻《から》を器《うつわ》に見立てた刺身《さしみ》の三種盛りの気の利いていたこと……。鮪《まぐろ》の角造《かくづく》りに車海老《くるまえび》の洗い、縞鰺《しまあじ》の鹿子造《かのこづく》りと、風味合《ふうみあい》の違う三種を組み合わせたのだから、心憎いとしか言いようがねえぜ」

どうやら、龍之介にはみすずの愛らしさより、雛膳の感激のほうが大きかったようである。

が、龍之介が感激したのも無理はない。

先付《さきづけ》として出された竹籠《たけかご》には、こごみの味噌漬《みそづけ》、根曲《ねま》がり竹の木の芽和《あ》え、楤《たら》の芽浸《ひた》し、蕗《ふき》の薹《とう》の白和《しらあ》え、片栗梅肉《かたくりばいにく》よごしといった旬《しゅん》の山菜が……。

そして、焼物《やきもの》には鯛頭《たいがしら》の山椒焼《さんしょうやき》。

続いて、煮物が朝掘り筍《たけのこ》と蕗、鯛の子の含め煮といった具合に、春の趣《おもむき》を存分に堪能《たんのう》させてくれたのだった。

が、なんといっても秀逸《しゅういつ》だったのは、鯛の桜寿司《さくらずし》と油目《あぶらめ》の手鞠《てまり》寿司であろうか。

筍の皮を器にして、一口大の油目の手鞠寿司の上に梅肉がちょいと載《の》せられ、その横に、桜の葉で巻いた一口大の鯛桜寿司……。

それらが黒漆《くろうるし》丸盆《まるぼん》に盛られ、ところどころに花弁生姜《かべんしょうが》と菜《な》の花《はな》が添えてあり、味もさることながら、また一段と、目で愉《たの》しませてくれたのだった。

「此の中、克二《かつじ》もまた腕を上げたようだな」

龍之介が仕こなし顔に言う。

「浅草《あさくさ》の宵山《よいやま》にいた頃から腕が立つと評判だったが、千草の花に移ってからは、文哉さんが板頭のやりたいようにやらせているからね。それで、板頭も本領発揮できるのさ！」

「してみると、克二が浅草から深川に移ったことは、克二にとっても千草の花にとっても良かったということか……」

「親分が来られなくて残念だったね」

「親分のことだから、今宵の献立《こんだて》を聞いたら、地団駄《じだんだ》を踏んで悔しがるだろうて……。へへっ、こいつは大いに羨《うらや》ましがらせてやらなくっちゃな！」

龍之介がくくっと肩を揺する。

「おや、戸田さま、そんな意地悪をしていいんですかね？」

刻《とき》は五ツ（午後八時）を廻った頃であろうか、八幡橋《はちまんばし》はもう目前である。

八幡橋の先は黒江町、そして、一の鳥居を潜れば門前仲町……。

深川の夜はまだ更《ふ》けない。

が、八幡橋を渡ったところで、日々堂のほうから黒い人影が駆けて来るのが目に入った。

どうやら、与一のようである。

「女将さん、ちょうどよかった。今、熊井町まで知らせに行こうと思っていたところで……」

与一はよほど慌てている様子で、珍しく腰を折ると、はっはと肩で息を吐いた。

「どうしたって？」

「へっ、それがたった今知らせが入《へえ》ったのでやすが、銀仙楼の夕霧が半刻《はんとき》（一時間）前《めえ》に息を引き取ったそうで……」

「えっ……」

お葉は思わず龍之介と顔を見合わせた。

お富からよく保って二、三日と聞いていたが、まさか、こんなに早く……。

「それで、現在《いま》、夕霧の亡骸《なきがら》は？　銀仙楼に安置されているのかえ？」

いやっと、与一は首を振った。

「あそこは切見世でやすからね。死人《しびと》が出たからといって、供養《くよう》などしていられやせん。お富の話では、すぐに死体処理屋の手に渡されたそうで……」

「そんな莫迦な！」

お葉は思わず甲張った声を上げ、ああ……、と目を閉じた。

清里（喜久丸）のときのことを思い出したのである。

あのときも、瘡毒に冒され鳥屋にかかった清里の身を案じ、腕の良い医者に診せ、療養に適した場所に移してくれと信濃屋《しなのや》の御亭に掛け合い、お葉は十両もの金を渡したというのに、清里は蔵の中でひっそりと息絶え、死体処理屋の手に引き渡され、投《なげ》込寺《こみでら》へと運ばれていった……。

それが身請人《みうけにん》のいない女郎の宿命《さだめ》と解っている。

だが、人一人の生命《いのち》がそんなにも無下《むげ》に扱われてよいものであろうか……。

しかも、肉親がいないわけではなく、夕霧には和彦という弟がいるのである。

お葉は怒りにぶるぶると身を顫わせた。

するど、龍之介がお葉の肩にそっと手を置き、止《よ》しな、といったふうに首を振る。

和彦に姉はいないと言い切った永井家に、もう何を言っても無駄だという意味であろう。

「業を煮やしたところで詮《せん》ないことよ……。諦めようぜ、お葉さん。それより、日々堂に帰《けえ》って、旦那の仏前に手を合わせることだな。今宵、夕霧という哀《あわ》れな女ごが旅立ちました、どうか冥土《めいど》で温かく迎えてやって下さいませと……」

お葉の胸が熱いもので一杯になり、はち切れそうになった。

甚さん、頼むよ。おまえさんの手に夕霧を託したからね……。

堰《せき》を切ったかのように、お葉の頰を涙が伝う。

涙と春霞《はるがすみ》の中で、常夜灯《じょうやとう》の明かりが潤《うる》んで見える。

が、そのとき、淡々《あわあわ》とした灯《ひ》が、二度三度瞬《またた》いたように思った。

解ったぜ、お葉、安心しな……。

はっと、お葉は四囲に目を配った。
確かに、今、甚三郎の声が聞こえたように思う。
幻聴だと嗤われたっていい。
ううん、今のは、確かに甚さんの声……。
そう思うと、ほんの少し、勇気を貰《もら》えたように思えた。

一夜明け、お富が日々堂を訪ねてきた。
「最期《さいご》は安らかなものでした。あの女《ひと》、眠るように息を引き取りましてね。結句、あたし一人しか看取ってやることが出来なかったんだが、お葉さんが牛込の屋敷を訪ねてくれたと報告すると、涙を流して悦んでくれましてね。弟が幸せに暮らしていると知り、これでもう思い残すことはないって……。あたしね、夕霧に嘘を吐いてしまいました。和彦さんは現在《いま》お務めが忙しくて、おまえに逢いに来ることも文を書く暇もないほどなのだ、けど、少し落ち着いたら必ず文を書くので、それまで息災でいてくれるようにとお葉さんに伝えたって……。もう永くないと判っている夕霧に本当のことを伝えて哀《かな》しませるより、嘘であっても、安らかな気持で逝《い》ってくれるほうがどれだけいいかと……」

お富は目頭を袂《たもと》で拭《ぬぐ》うと、胸の間《あわい》から紙の雛を取り出した。

「夕霧の形見《かたみ》です。あの女《ひと》にはこんなものしか残っていなくて……。あの女ね、今際の際に、これをお葉さんに渡してほしい、自分のためにわざわざ牛込くんだりまで行ってくれたことへの、せめてもの礼だ、と言いましてね。これね、夕霧が子供の頃に母親が作ってくれた紙雛《かみびな》だそうで……。貧しい浪人暮らしの中で、母親が娘のために手作りで作った雛なんだろうが、こんなものでも夕霧にとっては宝物……」

「そんな大切な雛を、あたしが貰ったのでは……」

お葉は慌てた。

「いえ、受け取ってやって下さいな。上巳《じょうし》の節句（雛祭）に息を引き取ったというのも、なぜかしらあたしには意味があるように思いましてね。お棺《かん》の中に一緒に納めようかと一瞬迷ったんだけど、夕霧の遺言《ゆいごん》通り、やはり、これはおまえさんに渡すべきだと考え直しましてね」

お富はそう言い、畳《たたみ》の上に紙雛を置いた。

紙雛には全体を紙で作ったものと、顔だけを粘土《ねんど》や木で作ったものがあるが、これは全体が紙で、しかも、女雛しかない。

いかにも粗末な紙雛であった。

だが、ここには母の娘への想いが込められている。

夕霧には、唯一、家族を偲《しの》ばせるものであったに違いない。

「解りました。では、頂戴《ちょうだい》いたします」

お葉は深々と頭を下げ、紙の女雛を甚三郎の仏前へと供えた。

「それで、夕霧の遺体はどこに運ばれたのかえ?」

お葉がお茶を淹れながら訊ねる。

「舟で運ばれましたからね。おそらく、千住《せんじゅ》の浄閑寺《じょうかんじ》ではないかと……。正な話、判らないんですよ。御亭は死体処理屋に金を払っただけで、どこに葬《ほうむ》られようと知らぬ存ぜぬ……」

お富は辛そうに言うと、いずれ、あたしも同じ運命を辿ることになるんでしょうね、と太息を吐いた。

「そんな……。ねっ、お富さん、切見世の下働きなんか止《や》めて、うちに来る気はないかえ? ごらんの通り、うちは大所帯だ。下働きはいくらでも要《い》るからね。それに、おまえさんとはよし乃屋にいた頃からの縁……。あたしの傍に来てくれれば、おまえさんの先行きはあたしが責任を持って見るからさ! ねっ、そうおしよ」

お富が目をまじくじさせる。

「…………」

「おまえさんを見ていると、おっかさんを思い出してね。そりゃさ、おっかさんのことを恨んだこともあったよ。けど、おまえさんから上方に行ってからのことをいろいろと聞いただろ？　あの女《ひと》も充分苦しんだのだなと思うと、いつまでも恨んでなんかいられない……。だからさ、おっかさんが生きていたらしてやりたいと思うことを、おまえさんにしてやりたいんだよ」

「お葉さん……。おまえって女《ひと》は……」

お富の目が涙に滲む。

「おまえのおっかさん同様、あたしは陰陽師に入れ揚《あ》げて騙《だま》された、罰当《ばちあ》たりな女ごなんだよ？　それなのに、おまえさんはこのあたしに手を差し伸べようというのかえ」

「莫迦だね。手を差し伸べようというのじゃないんだ。うちは便り屋でもあるが、口入屋なんだよ。おまえさんに下働きの仕事を斡旋しようとしているだけじゃないか」

「申し訳ないことで……。有難うございます。お葉さん、あたし、なんと礼を言えばいいか……」

お富がぺこぺこと飛蝗《ばった》のように頭を下げる。

「そうかえ。そうと決まったからには、早速、おはまを呼ばなきゃ！　おはまァ……、おはま、早くおいでよ！」

お葉は厨に向かって声を張り上げた。


永井和彦から文が届いたのは、それから一廻りほど後のことである。

文は先日の無礼への詫《わ》びであった。

やはり、あのとき、和彦は板戸の陰でお葉の話を聞いていたのである。

文には、姉の近況を知らせてくれたというのに、家内にあのような無礼をさせてしまったことを申し訳なく思っている、実は、家内との縁談が決まったとき、先方が姉のことをあれこれと調べていて、実の姉が遊里に身を置くなど以《もっ》ての外《ほか》、すぐさま身請する手もあるが、それではいつ姉が其《そ》れ者《しゃ》上がりだと世間に知られてしまうやもしれぬので、今後一切縁を切ってしまうのだ、と釘を刺されたのだと弁解がましく綴《つづ》られていた。

お葉から文を見せられた龍之介は激怒した。

うのよ！」

「なんでェ、これは！　これではあまりにも自分本位じゃねえか。女房の実家《さと》が幕府《ばくふ》御用達《ごようたし》の大店で、幕府に手を廻し三十俵から五十俵に禄高《ろくだか》を上げてもらった手前、姉との縁を切らずにはいられなかっただと？　ヘン、誰のお陰で御家人株が買えたとい

龍之介は忌々《いまいま》しそうに吐き出すと、ぽいと文を投げ出した。

お葉は苦笑いすると、文を手にした。

「いいじゃないか、所詮《しょせん》、その程度の男だったと思えばさァ……。それに、あんな男でも少しは殊勝《しゅしょう》なところがあるとみえ、姉のことを忘れたことはなかった、妻《めと》を娶る前までは、いつの日にか必ず姉を迎えに行こうと思っていたと書いているからさ。実の姉弟《きょうだい》だもの、その気はあったんだろうさ。けど、あの権高な女ごを女房に娶っちまったもんだから、そういうわけにはいかなくなった……。あたしはあの女ごに逢っているから、その気持も解らなくもないんだよ。和彦という男はとことん尻《けつ》の穴の小さい男なのさ。それでなきゃ、女房の尻《しり》に敷《し》かれっぱなしにはならないし、こそこそと板戸の陰に隠れたりはしないだろうからね」

「そうしてみると、貧乏くじを引いたのは夕霧、いや、夕里……。弟の幸せだけを願い、夜な夜な見ず知らずの男に身を委《ゆだ》ねていたんだもんな」

「けどさ、和彦の文の中で、ここの部分だけは思わず泣けそうになったね……。ほら、紙雛のことが書いてあっただろう？　形見としてあたしは女雛を貰ったんだが、普通、雛って対のものなのに、女雛だけとは妙だなって思ってたんだよ。けど、やっぱり、男雛《おびな》もあったんだね。まさかそれを、夕霧が弟に渡していたとは……。きっと、夕霧は紙雛に自分たち姉弟の運命を重ねたんだよ。再びこの雛が対になれるのは、自分が弟の元に戻れたとき……と。それで、和彦に男雛を託したんだと思うよ。和彦も文に書いてるじゃないか。姉に渡された男雛を大切に仕舞っていたが、あると き妻に見つかってしまい、こんな見窄らしい雛は焼き捨ててしまえと言われ外濠《そとぼり》に流した、焼き捨てるより、せめて流し雛にすることで姉に許しを請《こ》おうとしたのだが、水の流れに乗り流れていく雛を見て、姉とはこれで完全に離れてしまった、吹っ切らなければならないのだと思ったと……。あたしさァ、この部分を読んで、和彦の中にも姉を思う気持があったんだなと思い、ほんの少し、安堵したんだよ。それでさ、考えたんだけど、女雛も川に流してやろうと思ってさ！」

龍之介には意味が解らないのか、とほんとした顔をしている。

「だってさ、夕霧はいつの日にかこの紙雛が再び対になれると思ってたんだよ。けど、男雛はとうの昔に水に流されっちまった……。だとすれば、この女雛も川に流してやらなきゃ！　そりゃさ、昔のことだし、流した場所も違うとあっては、男雛と女雛が巡り逢えることはないだろう。けどさ、女雛を流してやることで、いつかきっとどこかで男雛に巡り逢えると思いたいんだよ。それが、夕霧の願いが叶うことになるんだもの……」

やっと龍之介も解ったようで、にたりと嗤った。

「いかにも、お葉さんらしいや」

「なんだよ！　ああ、嗤うといいさ。流し雛はさ、雛送り、捨雛《すてびな》ともいって、雛を流すことで一家の災厄《さいやく》を祓《はら》うというんだからさ」

「だが、今日はもう三月も十日だぜ？　流し雛には遅いんじゃ……」

「遅くたって構うもんか！　さっ、思いたったが吉日《きちじつ》だ。戸田さま、行くのかえ？　行かないのかえ？」

お葉は言うが早いか、仏壇から女雛を下ろし、廊下に出て行こうとした。

「えっ、俺も？　で、一体《いってえ》、どこに流すってェのよ」

「どこに流したって構わないけど、そうだ、やっぱり大川にしよう！　それなら、外濠に流れた男雛にいつか巡り逢えるかもしれないしさ」

龍之介はやれと息を吐いた。

そんなことがあるわけがねえだろうに……。

が、お葉が言い出したら聞かないのも知っている。

「おっ、待ってくんな！」

龍之介が慌てふためいたように、後を追って廊下に出る。

畳の上には、小判が一枚……。

永井和彦が文に忍《しの》ばせ送ってきた金だが、おそらく、お葉は送り返すつもりでいるのだろう。

それが証拠に、文から転げ落ちた小判に、お葉は見向きもしなかった。

こんなものでは贖《あがな》えない。

夕霧の心を癒《いや》してやれるのは、男雛の元に女雛を届けること……。

きっと、お葉はそう思ったに違いない。

花筏《はないかだ》

戸田龍之介が川添《かわぞえ》道場の門を潜《くぐ》ろうとすると、道場のほうから三崎小弥太《みさきこやた》が追いかけて来た。

「待てよ、戸田！」

合切袋《がっさいぶくろ》を肩にかけているところをみると、どうやら三崎も帰宅の途《と》につこうとしているらしい。

「なんだ、おぬし、もう帰るのか……」

そう言い、龍之介は片頬《かたほお》を弛《ゆる》めた。

田邊朔之助《たなべさくのすけ》が師範代になるまでは、どちらかといえば三崎が率先《そっせん》して門弟の居残り稽古《げいこ》の指導に当たってきたというのに、此《こ》の中《じゅう》、どうやらその意欲を失ったとみえ、現在《いま》では、六ツ（午後六時）の鐘《かね》が鳴るや、そそくさと帰り仕度《じたく》を始めるようになっている。

「ああ、居残り稽古に付き合ったところで、なんの得にもならないからよ！」

三崎は龍之介の横にぴたりと寄り添い、苦々《にがにが》しそうに毒づいた。

「なんだ、おぬし、これまで得をしようと思って、居残り稽古に付き合っていたのかよ」

龍之介がわざと皮肉を言う。

「いや、そういうわけでは……」

三崎が狼狽《うろた》える。

だが、龍之介には三崎の業《ごう》が煮《に》えているのが手に取るように解《わか》るのだった。

師匠の川添観斎《かんさい》が亡くなり二月《ふたつき》近くが経《た》つが、師匠の死に伴《ともな》い、観斎の一人娘の香穂《かほ》の婿《むこ》に入った川添耕作《こうさく》が後継者となり、同時に、師範代に田邊朔之助が指名されたのであるから……。

元々、剣術の腕では、龍之介、田邊、三崎の三人は互角と言われていた。

正《まさ》な話、誰が師範代の座についてもよかったのである。

が、白羽《しらは》の矢は田邊に立った。

実はそれに先立って、観斎が危篤《きとく》に陥《おちい》った際、龍之介は当時まだ師範代だった耕作から、次期師範代におぬしを推《お》そうと思うがどうであろうか、と打診されていたのである。師範代の座をかけて試合で決めるのではなく、師匠のご意思として皆の前で披露《ひろう》するというのである。

耕作は言った。

「三崎、田邊、おぬしの三人の中で誰を次期師範代にと考えたのだが、三崎は剣の腕は立つが、性格に円《まる》みがない……。師範代ともなると門弟と接する機会が多く、それゆえ、彼らに慕《した》われなければならないが、三崎のようにああ角張《かどば》っていたのでは、門弟たちがついていかぬ……。で、田邊だが、奴は女《おな》ごにだらしがない！　女房や子がいるというのに、見境《みさかい》なく商売女に手を出すそうだ。いや、これは流言などではなくてよ。一度なんぞ、わたしが間に入ってびり沙汰《ざた》（男女間のもつれ）を収めたことがあってよ……。まっ、この頃は女ご遊びも幾《いく》らか収まってきたようだが、いつまた悪癖《あくへき》が出るやもしれぬのでな……。その点、おぬしは信頼が置ける。何より、氏素《うじす》性《じょう》に非の打ち所がないし、懐《ふところ》が深く、分け隔《へだ》てすることなく門弟たちに接するところも称賛に値《あたい》する。香穂もいの一番におぬしを推挙した……。むろん、師匠も同意と思ってほしい。なっ、戸田、師匠のご意思ということで、次期師範代を受けてくれないだろうか」

また、こうも言ったのである。

「技量が勝《すぐ》れているというだけでは、人の上には立てぬ。ことに、剣術は心技体でなければならぬが、それが備わっているのはおぬししかいないのだ。おぬしさえ承諾《しょうだく》してくれれば、明日にでも招集をかけ、皆の前で師匠のご意思として披露するつもりだ。いいな、戸田！」

耕作からこうまで言われたのでは、龍之介も断るわけにはいかなかった。

それで一旦は龍之介も了承したものの、納得しなかったのは田邊である。

田邊は道場帰りの龍之介を待ち伏せするや、死の床に喘《あえ》ぐ師匠がそんな裁断を下されるはずがない、師範代（耕作）の独断なのであろう、と責め立てた。

「師匠のご意思と言われてしまえば、俺も三崎も黙って従うより仕方がないのだろうが、どうにも納得がいかなくてよ。だって、そうだろうが！　剣術の腕は俺もおぬしも三崎も、ほぼ互角……。剣の道を志《こころざ》すものなら誰だって、席順を上げたい！　その想《おも》いのみで日々研鑽《けんさん》を積んできたというのに、試合もせずに次期師範代を決められるとは……。考えてもみろよ、これまで、川添道場では師範代の座をかけて現在《いま》の師範代と三枝《さえぐさ》さまとが勝負し、また、次期道主の座を巡《めぐ》っては現師範代と藤枝《ふじえだ》が勝負したという経緯があるのだ。それなのに、此度《こたび》だけは、試合もせずに決められるとは、どう考えても納得がいかぬからよ……。おぬしの裏工作があったとしか考えられないではないか！」

田邊はそう責め立て、耕作が龍之介を推挙したのは自分が耕作に快《こころよ》く思われていないからだと言い切った。

聞くと、以前、田邊は女ごのことで耕作に面倒をかけたことがあるという。

「師範代はそのことをいまだに根に持っておられるのだ！　確かに、あの頃は俺も荒れていた。おぬしは知っているかどうか判《わか》らぬが、俺は田邊家の婿養子でな。小普請《こぶしん》組《ぐみ》の立場がどんなに辛《つら》いものか……。何しろ、無役の五十俵《ぴよう》なのだから、小普請支配と月に三度の面談をしなくてはならないうえに、年に一度は小普請金を納めなくてはならない……。しかも、女房や姑《しゆうとめ》からは立身なされとやいのやいのと責め立てられる始末でよ。それで、鬱憤《うつぷん》を晴らすかのように女ごに逃げていたのだが、あるとき、女ごに無理心中を図《はか》られ、そのときのびり沙汰で師範代に迷惑をかけることになったのよ。だが、それに懲《こ》りてからは、二度と遊里に脚《あし》を向けていない……。女房からも約束させられてよ。立身が無理なら、剣術で身を立てなされと……。それからだ、俺の腕が上達したのは……。だから、何が何でも、おぬしに負けるわけにはいかないのだ！　なっ、解ってくれよ、戸田……」

田邊は胸前で手を合わせ、縋《すが》るような目で龍之介を見たのである。

龍之介はふっと田邊を哀《あわ》れに思った。

ここまで師範代の座に固執しなければならない、田邊の立場……。

それに引き替え、自分はどうであろう。

どだい、師範代になることを望んでもいなければ、妻子もおらず、護《まも》る人もない。

身軽といえば身軽なのだが、それだけに、拠《よ》り所のない根なし草のようにも思えるのだった。

そんな男が、師範代になってよいはずがない……。

龍之介は田邊に譲《ゆず》らなければと思った。

が、そのとき、龍之介は三崎のことを微塵芥子《みじんけし》ほども考えていなかったのである。

三崎が田邊のように自《みずか》らを主張しなかったこともあり、当然、三崎も納得しているものと思っていたのだった。

ところが、そうではないと気づいたのは、田邊が師範代の座についた直後から、時折、三崎に投げやりな態度が見られるようになったからである。

門弟の稽古にも、これまでのように怒鳴りつけることもなければ、どこかしら通り一遍《いっぺん》の指導で、居残り稽古にも付き合おうとしなくなった。

思うに、田邊が師範代になったことが、三崎には面白《おもしろ》くなかったのであろう。ならば、何ゆえ田邊のように自己を主張しなかったのだろうかと思うが、そこが三崎らしいところであろうか……。

決して痩《や》せ我慢をしているのではないのだろうが、三崎は武士は食わねど高楊枝《たかようじ》といった具合に、些細《ささい》なことで不満を言おうとしなかった。

門弟の指導に厳しく当たったのも、耕作が言うように決して角張っているわけではなく、三崎がそれだけ彼らに期待を寄せていたからに違いない。

一口でいえば、三崎は男気のある男なのだが、そんな男にもどうやら腹に据《す》えかねることがあるとみえる。

龍之介たちは竪川《たてかわ》から六間堀《ろっけんぼり》へと右に折れた。

「戸田、ちょいと付き合わないか」

川に沿って歩きながら、三崎が呟《つぶや》く。

「ああ、俺は構わないが……」

「北ノ橋《きたのはし》を渡ったところに赤提灯《あかぢょうちん》の見世《みせ》があるのだが、そこに行かないか？　実は、俺の姉が働いているんでな」

「三崎の姉さんが？　嫁に行ったのではなかったのか」

「ああ、行った。御徒組《おかちぐみ》の家にな。ところが、御徒組なんて哀れなもんだぜ。女房が居酒屋の下働きに出なくては立行《たちいき》していけないのだからよ」

「確か、三崎の家も御徒組だったよな？」

「ああ、しかも、次男坊ときたのでは、どこぞの養子にでも入らない限り、身過ぎ世過ぎしていけないんだからよ……。ところが、三十路《みそじ》近くなったというのに、この様《ざま》だ！」

三崎は自嘲《じちよう》するかのように、ヘンと鼻で嗤《わら》った。

どうやら、田邊にどうしても師範代にならなければならない事情があったように、三崎にも某《なにがし》かの事情があるようである。

そう思うと、龍之介の胸がチカッと痛んだ。

いい、いい、よいてや！

なんでも聞こうぜ……。

せめて、そのくらいのことでもしなければ、三崎に対して申し訳ないではないか……。

とん平《ぺい》という居酒屋は、北ノ橋を渡った北森下町《きたもりしたちょう》にあった。

どこから見ても縄暖簾《なわのれん》に赤提灯といった、なんら変哲もない見世である。

が、縄暖簾を潜ると長飯台《ながはんだい》が下駄《げた》の歯のように並んでいて、三十はあろうかと思える樽席《たるせき》はすでに満席であった。

小洒落《こじゃれ》た料理屋なら見世の奥か横に小上がりがあるのだが、ここにはそれらしきものもない。

「なんと、満員だぜ。別の見世に行こうじゃねえか」

龍之介がそう言うと、三崎はそわそわと挙措《きょそ》を失った。

「いや、俺は手持ちがあまりないもんで……」

なんだ、そういうことかよ……。

龍之介はやっと平仄《ひょうそく》があったとばかりに、含み笑いをした。

三崎は懐不如意《ふにょい》なものだから、姉が下働きをしている見世でただ酒を飲ませてもらうか、ツケにしてもらうつもりであったのであろう。

「鳥目《ちようもく》（代金）のことを気にしているのか？　なら、大丈夫だ。俺が少しは持っているから……。ほれ、二軒先に瓢《ひさご》という見世があっただろう？　そこに行こうぜ、俺が奢《おご》るからよ」

「えっ、いいのかよ？　俺が誘《さそ》ったというのに……」

「なに、屋台見世に毛が生《は》えた程度の見世だ。俺に委《まか》せときな！」

龍之介はくるりと背を返すと、再び、縄暖簾を潜り表に出た。

それにしても、とん平という見世はどうだろう。

二人ほどいた小女《こおんな》は龍之介たちをちらと流し見ただけで、まるきり無視したではないか……。

おそらく、どのみち満席なので帰るであろう客に愛想《あいそ》をするのも煩《わずら》わしく、いらっしゃいませとも、またのお越しをとも、言わなかったのであろう。

「済まない。取りつく島もないとはあのことでよ……。姉は奥の板場で働いているのだが、あの見世、ああ見えて食い物が美味《うま》いらしくてよ。それに、惣菜《そうざい》のほとんどが八文《もん》と下直《げじき》なものだから、常に客足が絶えることがないそうで……。俺も一度だけ行ったことがあるんだが、そのときはやっと一人坐《すわ》れたものだから、御亭《ごてい》があれこれと気を遣《つか》ってくれてよ。たった二十文しか払わなかったというのに、大盤振舞《おおばんぶるまい》……。そういえば、今宵《こよい》は御亭の姿が見えなかったが、いれば、小女にあのような不作法はさせなかったであろう」

三崎が気を兼ね、弁解する。

「なに、いいってことよ。そうけえ、三崎の姉さんは板場にいるのかよ」

「実は、大きな声では言えないのだが、惣菜のほとんどを姉が作っていてよ。以前いた板前が辞《や》めたとかで、急遽《きゅうきょ》、姉貴におはちが廻《まわ》ってきたそうでよ。というのも、小女のために作った賄《まかな》いに御亭が惚《ほ》れ込み、今さら気位ばかり高い板前を置くより、姉貴に作らせたほうが安くつくと思ったらしくてよ。ところが、ここが御亭の狡《こす》っ辛《から》いところ……。表向きには、口が裂けても女ごの手料理とは言わず、板前料理で徹《とお》そうとしてるのだからよ！　そんなわけで、姉貴が板場から出て来ることはまず以《もっ》てないのよ。つまり、姉貴は影武者のようなもの……」

「なんだ、それを聞いたら、なんとしてでも三崎の姉さんが作った料理を食いたくなっちまったぜ！」

「ああ、またの機会にな……」

そんなことを話していると、瓢に着いた。

瓢は居酒屋というより小料理屋に近く、土間の樽席は半分ほど埋まっていたが、小上がりには客の姿が見えない。

「おっ、小上がりが空《あ》いてるぜ。良かったじゃねえか！」

龍之介が先に立ち、奥の小上がりにどかりと腰を下ろす。

「いらっしゃいませ。戸田さま、ずいぶんとお見限りでしたこと！」

女将《おかみ》が愛想笑いをしながら寄って来る。

「ああ、何かと忙しくてな。女将、剣菱《けんびし》二本と肴《さかな》を適当に見繕《みつくろ》ってくれねえか」

「あい承知！」

どうやら、龍之介と女将はつうと言えばかあの仲のようである。

女将が板場のほうに戻って行くと、三崎が訝《いぶか》しそうに目を瞬《しばたた》いた。

「ずいぶんと親しげだが、戸田はここの常連なのか？」

龍之介が苦笑する。

「いや、二、三度来ただけなんだが、女将があの通り、なかなか気分がよいのでな。初めて来たときから、古馴染《ふるなじみ》のような気がしてならないのよ」

三崎が信じられないといった顔をする。

「それが戸田の良いところなのだろうが、俺にはとうてい真似《まね》の出来ない芸当だ……。千五百石《こく》のご大家《たいけ》に生まれたというのに、誰とでも気さくに接し、気取ったところがないものだから、他人《ひと》から好かれる……」

そこに、小女が酒と突き出しを運んで来た。

「さあさ、まずは一献《いっこん》！」

龍之介が三崎の盃《さかずき》に酒を注《つ》ぐ。

「おっとと……」

三崎が口から酒を迎えにいく。

どうやら、かなり成る口（いける口）のようである。

龍之介は手酌《てじゃく》で酒を注ぐと、三崎に目を据えた。

「で、何か話があるんだろ？」

三崎があっと龍之介に目を返す。

「話と言われても……。いや、俺はたまには戸田と酒を酌《く》み交《か》わすのもいいかと思ってよ。だが、話がないかと言えば、ないこともない……。ええい、ままよ！　この際だから言っちまうが、まかり間違っても、愚痴《ぐち》と受け止めてもらっては困るのだ。戸田、おぬしは田邊のことをどう思う？」

案の定、田邊のことだったのである。

龍之介はぐいと酒を呷《あお》ると、突き出しの蕨《わらび》の煮物を口にした。

「田邊も師範代となって、なかなかよくやっているようではないか……。門弟の指導にも熱が入っているし、気軽に相談相手にもなってやっているようだからよ。やはり、田邊は師範代に適していたんだよ」

三崎が忌々《いまいま》しそうに唇を嚙《か》む。

「あいつ、現在《いま》は気が張っているが、そのうちにぼろが出るに違いないんだ！　いや、誤解してもらっては困る……。俺も田邊が師範代になったことに異を唱《とな》えているわけではないのだからよ。ただ、業が煮えるのは、師匠の襟《えり》についたあの態度……。先日なんぞ、師匠が道場の後継者となられてから、以前より道場に活気が出たように思う、などと上手口《じようずぐち》を言っているではないか！　先代は永いこと病の床についてておられたのだから、今さら言っても詮《せん》ないことをことさらだって……。俺はあいつの世辞笑いを目にするたびに、反吐《へど》が出そうになるのよ！」

三崎はそう言うと、手酌で酒を注ぎ、ぐいと飲み干した。

小女が菜の花のお浸《ひた》しと蛍烏賊《ほたるいか》の辛子《からし》酢味噌《すみそ》和《あ》えを運んで来る。

「おっ、美味そうじゃねえか！」

龍之介が箸《はし》を取り、蛍烏賊に手を出す。

「確かに、田邊には師匠の鼻息を窺《うかが》うようなところがある……。が、それはあいつの性分《しょうぶん》といってもよく、大方、婿養子に入ったがために姑や嫁の鼻息を窺っているうちに身についてしまったのだろうて……。まっ、大目に見てやることだな。あいつが師匠の襟につこうと、俺たちには関係のないことなのだからよ。三崎、ほら、食えよ。菜の花のお浸しの美味《うめ》ェのなんのって！」

龍之介に促《うなが》され、三崎も箸を取る。

が、どうしたことか、つと眉根《まゆね》を寄せた。

「どうした？　辛子酢味噌が鼻を衝《つ》いたのか？」

いやっと、三崎は首を振った。

「いや、婿養子に入るということは、そういうことなのかと思ってよ」

「田邊のことを言っているのか」

「それもあるが、実は、現在《いま》、俺にも婿養子の口がかかっていてよ」

「ほう、そいつはめでたいではないか」

龍之介が箸を止め、目を細める。

「めでたいのかどうか……」

三崎が苦々しそうに顔を歪《ゆが》める。

おやっと、龍之介は改まったように三崎を見据えた。

三十路近くになってやっと巡ってきた縁談だというのに、三崎のこの表情はどうであろうか……。

何やら事情がありそうである。

「実は、先方は蔵奉行《くらぶぎょう》配下の門番同心の家で、娘は二十三歳でなかなか見目良《みめよ》い娘というのだが、この話、俺のところにすんなりと来たわけではないのだ」

三崎が辛そうに顔を歪め、太息《ふといき》を吐《つ》く。

「すんなりと来たわけではないとは……」

「元々、この話は俺の竹馬《ちくば》の友佐々見次太夫《ささみじだゆう》のところに来た話でな……。佐々見は小《こ》揚者頭《あげものがしら》の次男坊なのだが、門番同心と小揚者頭の取り合わせとあって、両家では早くからこの縁談に乗り気だったのよ。ところが、この春にも祝言《しゆうげん》をという段になり、次太夫が病の床に臥《ふ》してよ。僅《わず》か一月《ひとつき》床に就《つ》いただけで、呆気《あつけ》なくこの世を去っちまったのよ……。まだ二十八の若さでだぜ？　訃報《ふほう》を聞き、こんなことがあってもよいものだろうかと、俺は神仏を恨《うら》んだのだが、あろうことか、降って湧《わ》いたかのように次太夫の縁談が俺に廻ってきてよ……。門番同心の家が御徒組の次男坊の俺になにゆえ……。俺は信じられない想いでいたのだが、聞くと、次太夫が病の床で登和《とわ》どのの婿には三崎小弥太を是非に……、と推挙したというのよ」

三崎が龍之介を縋《すが》るような目で瞠《みつ》める。

「ほう、竹馬の友が今際《いまわ》の際《きわ》におぬしを推挙とな……」

「戸田、俺がこの話をすんなりと受け入れられると思うか？　次太夫は剣の腕はからきし駄目だったが、学問のうえでは常に競《きそ》い合ってきた仲だ。塾での席順は抜きつ抜かれつ互角に競ってきたんだぜ？　あいつは幼い頃から他人《ひと》より体力が劣っていたものだから、なんとしてでも学問で立身しようと努めたのよ。それが解っているものだから、門番同心桜木《さくらぎ》家との縁組が纏《まと》まったと聞いたときには、俺もわがことのように悦《よろこ》んだ……。何を隠そう、俺はあいつが登和どのを慕っていたのを知っていたのだよ。それなのに、祝言を前にして病の床に臥し、呆気なくこの世を去るとは……」

三崎は肩を落とし、俯《うつむ》いた。

龍之介にも、三崎の気持が手に取るように解った。

死が迫ったことを知り、自分の代わりに三崎小弥太をと推挙したという、佐々見次太夫……。

三十路近くになっても縁談ひとつなかった三崎には、福徳《ふくとく》の百年目のような話であるが、だからといって素直に悦べるわけがない。

三崎には次太夫の辛い胸の内が解っているからこそ、悦びよりも忸怩《じくじ》とした想いのほうが強いのであろう。

「次太夫という男は、そういう男でよ。三十俵二人扶持《ぶち》の御徒組の次男坊の俺は、常から倹《つま》しい生活《たつき》を強《し》いられていたわけなのだが、次太夫はそんな俺を思い遣《や》り、毎日、ゆうに二人分はあるだろうと思うほどの弁当を塾に持って来るのよ。その言い訳がおかしくてよ！　母親がひ弱な自分に体力をつけさせようと持たせてくれるのだが、いかになんでもこんなに食えるわけがない、助《す》けると思って半分食ってくれないか、とこう言って、さり気ない振りで俺に弁当を分け与えるのよ……。あいつは俺に気づかれていないと思っていたようだが、俺には解っていたんだよ。次太夫がお袋さんに無理に頼み込み、二人分の弁当を作ってくれていたのだと……。あいつには他に水魚の交《まじ》わりをする友などいなかったからよ……。そうまでして俺を繋《つな》ぎ止めておきたかったのだろうし、俺よりほんの少し上位に立っていることで安心しようとした、その気持も痛いほどに解るんだ。だがよ、生命《いのち》が尽き果てようというそのときになって、俺に許婚《いいなずけ》を譲ろうとするあいつの気持……。その気持だけはどうにも理解しがたく、何やら釈然としないものを感じてしまうのよ。登和どのは次太夫があれほど恋い焦《こ》がれた女ごだぜ？　俺がこの話をすんなりと呑《の》み込めるはずがないだろう？」

三崎がそう言ったとき、次の料理が運ばれて来た。

鰆《さわら》の西京漬《さいきょうづけ》と揚出《あげだ》し豆腐《どうふ》である。

「あとはご飯物で、筍《たけのこ》ご飯と浅蜊《あさり》の味噌汁になりますが、それでいいかしら?」

瓢の女将がお銚子《ちょうし》を手にやって来る。

「何か刺身《さしみ》をと思ったんだけど、生憎《あいにく》、今宵は戸田さまにお出しする魚がなくてさ」

「ああ、これで充分だ。女将、何もかも美味かったぜ!」

女将は実に嬉《うれ》しそうな顔をした。

「じゃ、このお銚子は見世からの奢りだよ!」

「おっ、済まねえな! こいつァ、もっとちょくちょく来なくちゃな」

「そうこなくっちゃ! じゃ、一杯ずつあたしに注がせてもらい、あとはご自由にどうぞ! なんだか深刻な話がおありのようだから、邪魔しちゃ悪いからさ」

女将は二人に酌をすると、肩を竦《すく》め板場のほうに戻って行った。

「深刻な話か……。いや、言われてみれば、実にその通り。で、三崎、腹は決まったのか?」

龍之介に言われ、三崎は改まったように、盃を飯台に戻した。

「いや、実を言うと、まだ迷っていてよ」

「迷うことはないだろう。おぬしは佐々見が驕慢《きょうまん》で登和どのを譲ったと思っているのだろうが、そうであろうか？　弁当を分け与えるのとは違うのだぞ。弁当には心もなければ、口もない。が、登和どのには人としての矜持《きょうじ》もあれば、意思もある……。それが解ったうえで、佐々見はおぬしを自分の代わりにと言ったのだ。そこには何がある？　おぬしなら登和どのを幸せに出来る、護ってやれるとの確信と信頼があるからではないか？　朋友《ほうゆう》の交わりは筆墨《ひっぼく》のごとしというが、佐々見という男はおぬしが思っている以上に善《よ》い男なのよ。そんな朋友を持ったおぬしが俺は羨《うらや》ましいくらいだ。何を迷うことがあろうかよ！」

「…………」

「それによ、俺が思うには、これまでに佐々見はおぬしのことを登和どのに話していたのではなかろうか……。それでなければ、いかに佐々見が病の床でおぬしを推そうと、縁談とは相手のあることだから、そうそう話は前へと進まない。だからよ、桜木のほうでもおぬしのことは解っているのよ。解ったうえで、佐々見の死後、おぬしとの縁組を真剣に考え始めたのだろうて……」

「では、次太夫に言われたから仕方なくという話ではないと？」

「そりゃそうさ。考えてもみなよ、桜木は佐々見より家格が上なんだぜ？　しかも、桜木は婿を取る側だ。佐々見に言われたからといって、そうそう言いなり三宝《さんぼう》のはずがない！　おぬしを見込んだからこそ、この話が舞い込んできたのではないか！」

「………」

三崎が目を瞬く。

「俺を見込んで……。こんな俺を見込んでだと？」

「そうさ。俺は前から思っていたんだが、三崎はいささか自分を卑下《ひげ》しすぎているのではないか？　確かに謙遜《けんそん》は美徳だが、打って出るとき出なくてどうするってか！　俺から見ても、三崎は偉丈夫《いじょうふ》な、それでいて、心優しい男なんだからよ」

「戸田、もう止《よ》しとくれよ！」

「で、この話が纏まったとして、祝言はいつ頃になるのだ」

「祝言……。まだ、次太夫が亡くなったばかりだというのに、それではいかになんでも……」

「だが、いずれは区切《けじめ》をつけなくちゃならないんだろ？　佐々見が亡くなったといっても、正式に婿に入っていたわけではないのだから、喪《も》が明けるまで待つことはなかろう」

三崎は堪《たま》らなくなったのか、つと顔を伏せた。

「戸田、本当にこれでよいのだろうか……。次太夫の無念を思うと堪らないのだ。これから先、俺は登和どのの顔を見るたびに、次太夫のことを思い出さなければならないのだぞ……。それでも、おぬしは俺に桜木に入れというのか」

三崎が肩を顫《ふる》わせる。

「ああ、おぬしにはそれしか生きる道がないように思えてよ……。というのも、おぬしには俺のように市井《しせい》で生きることへの覚悟が出来ていないだろう？　ならば、これほどよい話はないと思うし、佐々見の意思を尊重してやるべきだとも思うぜ。登和どのの中に佐々見を見たとして、それがなんだというのよ！　むしろ、思い出してやることが供養ともいえるし、佐々見はおぬしの身体《からだ》を借りて、登和どのとの縁組を成就《じょうじゅ》させようとしているのかもしれぬしな」

「次太夫が俺の身体を借りてとは……。えっ、では、次太夫が俺に乗り移ったと？」

三崎が色を失う。

龍之介はぷっと噴《ふ》き出した。

「安心しな。てんごうを言ったまでよ。だが、おぬし、存外に肝《きも》っ玉の小さい男よのっ。先ほどのおぬしの顔……。鏡があれば見せたかったぜ！」

「あら、愉《たの》しそうだこと！　さっ、筍ご飯と浅蜊の味噌汁ですよ。おや、鯖にも揚出し豆腐にも手がつけられていないじゃありませんか……。じゃ、まだご飯は早かったかしら?」

女将が盆に筍ご飯と浅蜊の味噌汁、香《こう》の物を載《の》せてやって来る。

「いや、貰《もら》おう。魚と一緒に食うからよ」

「済まないね。別に急《せ》かしているわけじゃないんだけど、ごらんの通り、ほら、うちは閑古鳥《かんこどり》が鳴いていましてね。いつまでいてもらっても構わないんだけど、板さんが出すものを出さないと落着かないもんでさ」

女将が気を兼ねたように言い、飯台に飯椀《めしわん》や汁椀を置く。

なるほど、半分ほど埋まっていた土間の樽席には、もう一組の客しか残っていない。

まだ五ツ(午後八時)前だというのに、これでは女将が繰言《くりごと》を言いたくなるのも頷《うなず》ける。

「二軒先の赤提灯は満員御礼だというのにさ……。板前が替わっただけで、こうも違うのかと思うと、つい気を苛《いら》っちまってさ。かといって、うちも板前を替えるってわけにはいかないじゃないか……」

女将がふうと肩息《かたいき》を吐く。

どうやら、とん平のことを言っているようである。

「二軒先って、とん平のことを言ってるのかい？」

龍之介が訊《たず》ねると、女将はわざとらしく鼻の頭に皺《しわ》を寄せた。

「あの見世、数ヶ月前に板さんが替わったとか……。いえね、よくある話なんですよ。大方、甘《うま》いことを言われて板前が余所《よそ》の見世に移ったんだろうが、とん平を困らせるつもりだったのが、案に相違して吉と出た……。これまでの板さんはろくなもんじゃなかったんだが、急遽、その場凌《しの》ぎで雇った板さんが滅法界《めっぽうかい》の掘り出しものだったみたいでさ。板さんが替わった途端、毎日、悲鳴が出るほどの忙しさだというじゃないか！　とん平の旦那《だんな》はほくほく顔さ。けど、前の板さんで懲《こ》りたのか、今度の板さんは決して表に出そうとしないんだよ。どんな奴なのか一度拝《おが》みたいと思っても、同じ轍《てつ》は踏まないとばかりに、決して客の前には出さないというからね。あたしに言わせりゃ、それもひとつの手かなって……。だってそうだろう？　謎《なぞ》めいていて、秘密にすればするほど客の関心を煽《あお》るってもんでさ……。お陰で、うちはとんだとばっちり！　でも、いいんだァ、今宵は戸田さまが来て下さったんだもの、あたしはそれだけで大満足……」

「どうだ、女将も一杯！」

龍之介が酒を勧める。

「おかたじけ！」

女将は龍之介に艶冶《えんや》な笑《え》みを送ると、盃を受けた。

どうやら、女将は三崎の姉がとん平の板場を仕切っていると知らないようである。

そう思うとおかしくて堪らないが、龍之介も三崎もそんなことは噯《おくび》にも出さない。

世の中とはよくしたもので、謎に包まれていればいるほど、人々は関心を持つ。

が、そこまで人を惹《ひ》きつける根底にあるものは、料理の味に他ならない。

それほど人を惹きつけることが出来る、三崎の姉とは……。

そして、その風味合《ふうみあい》とは……。

龍之介は、三崎の姉に逢《あ》ってみたい、いや、是非にもその料理というのを食ってみたいものよ、と思った。


高橋《たかばし》の手前で三崎と別れ、龍之介は霊巌寺《れいがんじ》脇の道を仙台堀《せんだいぼり》に向かって歩いて行った。

すでに五ツ半（午後九時）を廻っているのだろうか、両脇を寺と武家屋敷で覆《おお》われた通りには人影もなく、闇《やみ》を縫《ぬ》うようにして屋敷林の中から聞こえてくる青葉木菟《あおばずく》の鳴き声に、龍之介は思わず身震いした。

寂《さみ》しげで、魂《たましい》を揺《ゆ》さぶるようなこの澄んだ声……。

龍之介は一度も逢ったことのない、佐々見次太夫という男に想いを馳《は》せた。

死を間近にし、本当のところはどんな思いであったのだろう。

武家の次男坊に生まれた次太夫には桜木家との縁談はまたとない良縁で、しかも、相手は次太夫の恋い焦がれた女ごなのである。

「だがよ、生命《いのち》が尽き果てようというそのときになって、俺に許婚を譲ろうとするあいつの気持……。その気持だけはどうにも理解しがたく、何やら釈然としないものを感じてしまうのよ……」

三崎はそう言い、途方に暮れたような顔をした。

それに対し、龍之介は朋友の交わりは筆墨のごとしという格言を引用し、それだけ次太夫が三崎のことを信頼し、だからこそ、登和どのを護ってほしいとおぬしに託したのだ、と答えた。

とはいうものの、現在《いま》になってなぜかしら、はたしてそうであろうか……、と逡《しゅん》巡《じゅん》してしまう。

内田琴乃《うちだことの》と自分のことを思い出したのである。

鷹匠《たかじよう》支配千五百石の戸田家の次男に生まれた龍之介は、当然、見合った家格に婿養子として入るか、生涯、冷飯食《ひやめしく》いの部屋住みの身……。

琴乃もまた、鷹匠支配千石の内田家に生まれながらも、兄のいる身とあり、嫁に出なければならない。

そんな二人が添い遂《と》げるには、龍之介が分家を許されるか、手に手を取り合い駆け落ちをする以外に手はなかった。

龍之介は懊悩《おうのう》しながらも、琴乃の前から姿を消すべく戸田の家を出た。

が、事態は思わぬ方向へと向かったのである。

琴乃の兄威一郎《いいちろう》が不慮《ふりよ》の事故で急死したことにより、急遽、琴乃が婿を取り、内田家の跡目《あとめ》を継《つ》がなければならなくなったのである。

ならば、何も問題はないはずであった。

龍之介が内田家に婿養子に入れば、両家にとってこれほどよいことはないのであるから……。

ところが、そうは虎の皮、思いがけない事態に展開してしまったのである。

龍之介の義母夏希《ははなつき》が裏で暗躍し、龍之介は戸田の家を出て以来市井の暮らしにどっぷりと浸《つか》り、すでに所帯を持っている、と嘘《うそ》を吐いてまで、我が子哲之助《てつのすけ》を内田家の婿養子にと画策《かくさく》したのである。

そのことを龍之介が知ったのは、琴乃と哲之助が祝言を挙《あ》げる十日前のことだった。

嫂《あによめ》の芙美乃《ふみの》もそのとき初めて龍之介が所帯を持ったというのが夏希の嘘だと知り、信じられないといった顔をした。

「まあ、義母上《ははうえ》ったら、龍之介は千駄木《せんだぎ》を出てすぐに所帯を持った、現在《いま》では武家の身分も捨て、市井の人間としてそれなりに幸せに暮らしているので、捜《さが》し出すのは龍之介には迷惑かと……、そんなふうに内田さまにおっしゃったそうですの。それだけではありませんわ。琴乃さまが養子をお迎えになると知り、それからというもの、義母上が雑司ケ谷《ぞうしがや》に日参されましてね。哲之助さまはどうだろうと、それはまあ、涙ぐましいまでに琴乃さまを説得なされましたの。内田家にしてみれば、戸田家と縁組することほど悦ばしいことはないわけですから、（内田）孫左衛門《まござえもん》さまもすっかりその気になられましてね。けれども、肝心《かんじん》なのは、琴乃さまのお気持……。琴乃さまは龍之介さまが他のお方と所帯を持ち、現在《いま》では幸せに暮らしていると知り、諦《あきら》めをつけられたようです。だったら、自分も区切《けじめ》をつけなければと承諾なさり、結納《ゆいのう》が交わされたのは、ひと月前……。祝言は十日後にございます」

芙美乃はそう言った上で、今ならまだ間に合う、琴乃に知らせようか、と龍之介を探《さぐ》るような目で瞠めた。

それを断ったのは、龍之介である。

夏希の気持も哲之助の気持も、手に取るように解った。

学問、剣術、はたまた風貌《ふうぼう》と、そのどれひとつ取っても龍之介の足許《あしもと》にも及ばない哲之助である。

後添《のちぞ》いの立場である夏希には、さぞや歯痒《はがゆ》くて堪らなかったのであろう。

そんな夏希であるから、龍之介が千駄木の鷹匠屋敷を出て市井の暮らしを始めたのは、福徳の百年目……。

目の上の瘤《こぶ》が取れたのも同然で、少なくとも、哲之助が龍之介と比較されることはなくなったのである。

そんな夏希であるから、哲之助を琴乃の婿にと願うのは母として当然のことであり、また龍之介にしてみれば、義理とはいえど哲之助は弟に違いない。

しかも、琴乃とのことは、若かりし頃の淡《あわ》い想い……。

一旦は諦めた恋ではないか、自分さえ身を退《ひ》けば、すべては円く収まる……。

そう思い、潔《いさぎよ》く身を退いた龍之介だったが、はたしてそれで何もかもが甘《うま》くいったかと思うと、そうではなかった。

一年後、病の床に就《つ》いた夏希を見舞い、久々に次の間に控《ひか》えていた琴乃を目にしたのだが、すれ違いざま、琴乃がつと龍之介にくれたあの視線……。

助けて……。

確かに、琴乃の目はそう語っていたのである。

瞑《くら》く哀《かな》しげで、どこか縋るような目をしていた。

琴乃と哲之助の間が甘くいっていないと芙美乃から聞いたのも、そのときである。

青天の霹靂《へきれき》とは、まさにこのこと……。

二人の間に生まれた女児が、生後一廻り（一週間）ほどで不慮の死を遂げてしまったというのである。

聞くと、内田家に入って間もない頃から深酒をするようになった哲之助は、その日、酔った勢いで自分の閨《ねや》に赤児《やや》を連れ帰り、添い寝をしていて窒息させてしまったのだという。

「それはもう、気落ちなさいましてね。けれども、他人がしたことならあからさまに誹《そし》ることが出来ましょうが、ご自分の夫が犯した失態となれば、面と向かって責めることが出来ない……。しかも、故意ではなく、過失とあれば、なおさらでしょう……。琴乃さまは陰では香乃《かの》さまを偲《しの》んで涙を流すことがおありになっても、人前ではひたすら堪《た》えることに努め、ことに、哲之助さまの前では、決して、責めることも泣くこともなさいませんでした。それが、哲之助さまには余計に報《こた》えたのでしょうね……。お二人の間に気まずい空気が漂《ただよ》うようになり、今では、会話することも滅多にないとか……」

芙美乃はそう言い、哲之助の失態が夏希の病状をますます悪化させたのであろう、と顔を曇《くも》らせた。

夏希は病の身で内田家に赴《おもむ》き謝罪すると、我が身と哲之助に制裁を加える意味で、以後、哲之助を遠ざけた。

哲之助のことを思えば励ましの言葉のひとつもかけてやりたかったであろうに、敢《あ》えて夏希はそれを避け、今際の際、龍之介を枕許《まくらもと》に呼んだのである。

「おまえさまに頼みがあってな……。哲之助の力に……。あの子を護ってやってほしいのだ。哲之助は弱い男でな。内田家に入ってからも苦労しているようで、それが、この世を去るに当たって、唯一《ゆいいつ》の気懸《きが》かりでな……。哲之助を頼む。どうか、哲之助を……」

なんと、哲之助を思うがあまり、あれほど龍之介を排除しようと懸命になったあの夏希が、恥を忍び、手を合わせて哀願したのである。

それからしばらくして夏希はこの世を去ったが、芙美乃からたまに届く文には、内田家のことが案じられてならないと認《したた》められていた。

何をどう案じられるのかまでは書かれていなかったが、龍之介にも哲之助と琴乃の間が甘くいっていないことくらい推測できた。

龍之介は現在《いま》でも、あのとき、自分が身を退かなかったら……、と考えることがある。

龍之介と琴乃が相思の仲だと知っていて、敢えて、策を弄《ろう》してまで内田家の婿の座を獲《え》ようとした哲之助だが、琴乃の心までは奪えなかったとみえ、そのもどかしさに悶々《もんもん》とし、やがて酒に溺《おぼ》れる毎日に……。

しかも、それが原因《もと》で赤児《やや》を死に至らしめたのであるから、生涯、その重責から逃れるわけにはいかないだろう。

罪の意識から逃《のが》れようと、ますます酒に溺れていく哲之助……。

そして、琴乃はどうだろう。

おそらく、琴乃は哲之助を酒に走らせたのは自分のせいだと思っているのではなかろうか……。

芙美乃の話によると、琴乃が哲之助と祝言を挙げたのは、苦渋《くじゅう》の決断であったとか……。

もしかすると、哲之助と褥《しとね》を共にしながらも、琴乃の頭の中には龍之介がいたのではなかろうか。

哲之助にはそれが解っているからこそ煩悶《はんもん》し、琴乃もまた、そうさせたのは自分だと苦しんでいるのだろう。

助けて……。

あのときの琴乃の目には、そういう意味があったのではなかろうか……。

ああ……、と龍之介は唇を嚙んだ。

すべて、自分の優柔不断《ゆうじゅうふだん》さが引き起こしたことなのである。

義母《はは》や義弟《おとうと》のために身を退くなどと綺麗事《きれいごと》を並べても、所詮《しょせん》、自分は煩わしさから逃げたかっただけなのではあるまいか……。

見ろよ、男気を出して身を退いた結果がこれなのだから……。

琴乃と哲之助の胸に、消そうにも決して消し去ることの出来ない、深い疵《きず》を負《お》わせてしまったのである。

再び、龍之介は佐々見次太夫へと想いを馳せた。

確かに、龍之介と次太夫とでは、立場も違えば状況も違う。

従って、同じ尺度で測《はか》れないと解っているが、三崎と登和が甘くいくかどうかは誰にも判らないのである。

判らないついでにもっと言えば、次太夫が登和を慕っていたことまでは判っているが、登和が次太夫をどう思っていたかまでは判らない。

登和が次太夫のことを親の決めた縁談と割り切っていたのならいいのだが、登和のほうでも次太夫に惚れていたのだとすれば、厄介《やっかい》なことになる。

龍之介はそのことを三崎に確かめもせず、朋友の交わりは筆墨のごとし、とひと言で片づけてしまったことに忸怩とした。

そんなことを考えながら歩いていると、やっと目の先に伊勢崎町《いせざきちょう》の灯《あか》りを捉《とら》えた。

海辺橋《うみべばし》はもうすぐである。

日々堂の水口《みずぐち》から厨《くりや》の中に入ると、気配を察したおはまが茶の間から首を突き出した。

「おや、やっとお帰りだ。ずいぶんと遅かったじゃありませんか。今頃まで一体どこに……」

そう言いながら、おはまが鍋《なべ》を手に出て来る。

「済まねえな。ちょいと道場の仲間と一杯やってたもんでな」

「では、夕餉《ゆうげ》はもうお済みで？」

「ああ、せっかく仕度をしてくれてたのに悪いな」

「そりゃいいんですけどね。けど、今宵は筍ご飯に若竹《わかたけ》と若布《わかめ》の吸物《すいもの》、戸田さまのお好きな生《なま》り節《ぶし》と焼き豆腐の煮物だったんですけどね！」

おはまが手にした鍋をひょいと掲《かか》げてみせる。

「さっき、俺も筍ご飯を食ってきたばかりだが、生り節と焼き豆腐の煮物とは聞き捨てならねえな」

「じゃ、上がります？」

「ああ、貰おうか」

龍之介が茶の間へと入って行く。

口入《くちいれ》台帳を手に正蔵と打ち合わせをしていたお葉が振り返り、めっと幼児にでもするかのように睨《にら》んでみせた。

「こんなに遅くまで何をやってたんですよ！　清太郎が待ちきれなくなって眠っちまったじゃないか」

「おっ、済まねえ。夕餉の後、清太郎の手習を見てやると約束してたんだっけ？　いやそれがよ、道場を出たところで三崎に一杯付き合ってくれねえかと誘われたものでよ……」

龍之介が長火鉢《ながひばち》の傍《そば》にどかりと坐る。

「三崎って、確か、師範代の座を巡って戸田さまや田邊という男と競ったという、あの男のことで？」

正蔵が口入台帳を仕舞《しま》いながら言う。

「おっ、邪魔したのじゃねえか？　俺に構わず続けてくれ」

「いえ、今、終わりやしたんで……」

正蔵が、それで？　と龍之介に後を続けるようにと目まじする。

「三崎が師範代の座を争ったかって？　いや、あいつはそういう男ではない。田邊と違って、まことに謙虚な男だからよ。内心では面白くないのだろうが、表には出さない」

龍之介はそう答え、鳩尾《みぞおち》の辺りがじくりと疼《うず》くのを感じた。

三崎は田邊に業が煮えるから、今宵、自分を誘ったのではないか……。

考えてみれば、婿養子のことは話のついで……。

いや、ついでではなかったのかもしれない。

それもこれもひっくるめて、三崎はどうしたものか思い倦《あぐ》ね、龍之介の意見を聞きたいと思ったのであろう。

おはまが箱膳《はこぜん》を手に入って来る。

膳の上には、温め直した生り節と焼き豆腐の煮物に香の物、おや、お銚子まで……。

「外で上がったんだろうけど、生り節と焼き豆腐の煮物と来ると、やっぱりお酒がなくっちゃね！」

おはまが畳《たたみ》の上に膳を下ろし、片目を瞑《つぶ》ってみせる。

「おはま、気が利《き》くじゃないか！　どれ、あたしも相伴《しょうばん》に与《あずか》ろうかね」

お葉が肩を竦める。

「そう思い、ほら、盃を二つ用意しましたよ」

「二つ？　おう、二つってェのはどういう了見でェ！　俺もいるってことを忘れてもらっちゃ困るぜ」

正蔵がムッとした顔をする。

「おや、おまえさんもいたんだったっけ？」

「いたんだったっけとは、なんでェ！」

「はいはい、すぐに持って来ますよ」

「おはま、戸田さまが生り節を食べると聞いたら、なんだかあたしも食べたくなっちまったよ。あたしと正蔵にも持って来てくれないかえ？」

お葉が言うと、正蔵も相槌《あいづち》を打つ。

「そりゃようござんすね。ちょいと小腹が空《す》いたところで……。おっ、おはま、筍ご飯が残っているようなら、そいつも持ってきな！」

「そうだよ、戸田さまが帰って来たんだもの、食い直しだ！　戸田さまも筍ご飯はどうかえ？」

龍之介が目をまじくじさせる。

「俺は食ってきたんだが……。だが、おはまさんの筍ご飯も食ってみなくてはな。済まねえ、俺も貰うぜ」

「そうこなくっちゃ！」

おはまがポンと胸を叩き、厨へと戻って行く。

「それじゃ、戸田さまに酌をさせてもらおうかね」

お葉が龍之介の盃に酒を注ぐ。

そこに、お葉と正蔵の膳も運ばれて来て、茶の間はちょいとした宴席と化した。

「おはまもお上がりよ」

「じゃ、一杯だけ頂きますかね」

「女将さん、一杯《いっぺえ》に留《とど》めて下せえよ。おはまに三杯《さんべえ》も飲ませれば、大トラになっちまうからよ！」

正蔵に槍《やり》を入れられ、おはまがべっかんこうをしてみせる。

「何が大トラだえ！　大トラはおまえじゃないか。おちょうが零《こぼ》してたよ。おとっつァんは毎晩酔っ払って板の間で眠っちまうもんだから、蒲団《ふとん》まで運ぶのが大変だって！」

「てやんでェ！　亭主がどろけん（泥酔）になって、それのどこが悪《わり》ィ！　俺さまはよ、毎日身を粉《こ》にして働いてるんだ」

「おや、そうですか！　その男のお飯《まんま》を作ったり下帯《したおび》を洗ってやってるのは誰ですかね？　てめえだけ働いていると思ってるんだから、莫迦《ばか》につける薬はないよ！」

正蔵とおはまがポンポンと遣り合う様《さま》は掛け合い漫談さながらで、聞いていても不快にならない。

その実、二人の目は互いに笑っているのだった。

「はい、そこまでだ！　戸田さま、煩《うるさ》くて済みませんねえ」

お葉が龍之介に酌をする。

「いや、犬も食わぬというやつで、愉快だったぜ。けど、ここはいいなあ……。外でくさくさしたことがあっても、日々堂に戻って来るとほっと息が吐けるのだからよ」

「そうだよねえ……。あたしもここに来たばかりの頃は、なんて騒々《そうぞう》しいというか、活気があるんだろうと思ったが、現在《いま》じゃ、周囲《まわり》に人がいないと寂しくってさ……」

「そう言えば、おせいさんもそんなことを言っていましたね。女将さんが芸者をしていなさった頃は冬木町《ふゆきちょう》の仕舞《しも》た屋《や》で二人きりの暮らしをしていたもんだから、周囲《まわり》が静かなことを普通に思っていたが、現在《いま》では、静かだと逆に落着かなくなるって……」

おはまが茶の仕度をしながら言う。

「おせいがそんなことを……」

お葉は目を細めた。

おせいはお葉が喜久治と名乗り、出居衆《でいしゅ》（自前芸者）をしていた頃、冬木町の仕舞た屋でお端女《はした》をしていた女ごである。

ところが、お葉が日々堂甚三郎の後添いに入ることになり、泣く泣く暇《ひま》を出すことになったのであるが、てっきり実家《さと》に戻り嫁に行ったとばかりに思っていたおせいが、鳥追《とりおい》の姿をして門付《かどづ》けして歩いているという噂《うわさ》がお葉の耳に入ってきたのである。


鳥追は大道芸のひとつに数えられ、弾左衛門《だんざえもん》の配下にある。

なにゆえ、おせいが鳥追に……。

お葉は居ても立ってもいられなくなり、友七親分の手を借り、実家を探らせた。

すると、あろうことか、おせいは貧乏百姓の父親《ておや》の手で売られたのだという。

早速、お葉は足洗《あしあら》いの掛かり費用を調達すると、友七におせいを迎えに行かせ、自らは向島《むこうじま》の長命寺《ちょうめいじ》で待つことにしたのである。

久方ぶりに見るおせいは、顔が一回り小さくなったように見え、目の下に出来た隈《くま》に苦労の跡が窺えた。

が、少し含羞《はにか》んだようにお葉を見上げる目は、以前と少しも変わらなかった。

「姐《ねえ》さん、あたし……」

「おせい、おまえ、よく無事で……」

「姐さん、姐さん、あァん……、あァん……」

「いいんだよ。もう、何も言わなくていい……。解ってるからね、解ってるんだよ」

お葉の胸にすがって啜《すす》り泣くおせいの背を、お葉はずっと擦《さす》り続けたのだった。

その後、おせいは日々堂に引き取られることになったが、日々堂の女衆《おなごし》にもすぐに溶《と》け込み、元々、打てば響くようなところがあるせいか、現在《いま》ではおはまの右腕となり、誰からも信頼を置かれているのである。

おせいもそうならば、四、五日前から日々堂の一員に加わったお富も同様……。

新参者《しんざんもの》として物怖《ものお》じした様子を見せるのは最初《はじめ》の一日、二日ほどで、すぐに、まるで十年もここにいるかのように誰とでも馴染《なじ》み、和気藹々《わきあいあい》と立ち働いているのだった。

それが、永年《ながねん》甚三郎が積み上げてきた仲間意識であり、お葉が引き継いでからも厳守し続けてきた家族意識なのだった。

「おっ、そうだった！」

正蔵が突然思い出したように、ポンと膝《ひざ》を叩く。

「………」

「………」

お葉と龍之介は顔を見合わせた。

「戸田さまに千駄木から文が届いてやした……」

正蔵が見世のほうに出て行く。

「千駄木からって、じゃ、嫂の芙美乃さんって女《ひと》からかね？」

「おそらく、そうでしょう」

正蔵が文を手に戻って来る。

ずいぶんと分厚《ぶあつ》い文である。

「七ツ（午後四時）頃に届いたんでやすがね」

「七ツだって？　じゃ、なぜ、それを早く言わないんだよ」

おはまが甲張《かんば》った声を張り上げる。

「早く言えといったって、戸田さまはずっと留守だったんだ。しょうがねえじゃねえか」

「いえ、いいんですよ」

龍之介は文を受け取ると、裏を返した。

やはり、戸田芙美乃からである。

が、龍之介は文を手に、何か考えている。

「どうしたえ？　開けないのかえ？」

お葉が訝しそうな顔をすると、龍之介は、いいえ、蛤町の仕舞た屋に戻ってから読みます、と答えた。

どうやら、この文の分厚さからして、ただの近況伺《うかが》いではないとみたようである。

「そう、それがようござんすよ。さっ、俺たちもそろそろ引き上げることにしようか。おちょうが首を長くして待っているだろうからさ！」

正蔵が機転を利かせ、立ち上がる。

「そうだね。じゃ、膳を厨に片づけ、洗い物は明日ってことにしよう」

おはまが膳を厨に運んで行く。

龍之介はお葉の目を真っ直《す》ぐに見た。

「では、女将、今宵はこれで……」

「ああ、気をつけて帰るんだよ」

お葉が答える。

なぜかしら、お葉には龍之介が鬼胎《きたい》を抱いているように思えてならないが、気のせいなのであろうか……。

芙美乃の文は、いつものように季節の挨拶《あいさつ》に始まり、続いて龍之介の近況伺い、兄の忠兵衛《ちゅうべえ》や甥《おい》の茂輝《しげき》の近況などが縷々《るる》書き綴《つづ》られ、最後に内田家に婿養子として入った義弟哲之助のことが書かれていた。

「義母上《ははうえ》や香乃さまが亡くなられて半年近くが経《た》とうとしますが、哲之助さまの心の打撃は思いの外《ほか》深いようで、雑司ヶ谷の屋敷に出入りする者から聞いた話では、このところ、ますますご酒の量が増え、近頃ではお役目に障《さわ》りが出るほどとか……。そのことを忠兵衛がたいそう気にしており、戸田家の面目丸潰《めんぼくまるつぶ》しではないか、あのような者はさっさと内田家が久離《きゅうり》（縁切り）を申しつければよいのだと激怒する有様《ありさま》で、間に入ったわたくしは胸を痛める毎日を過ごしております。おそらく、忠兵衛も辛いのだと思います。戸田家と内田家は共に鷹匠支配といえども、戸田家は二代将軍秀忠《ひでただ》さまの頃よりお仕《つか》えしてきたという経緯があり、内田家に差し上げた義弟《おとうと》がこのような体《てい》たらくな有様で久離されたとなると末代《まつだい》までの恥……。それゆえ、口では半《なか》ば捨て鉢なことを言っていても、心の中では日夜涙していることと存じます。忠兵衛は孫左衛門どのに直接詫《わ》びを入れることも考えているようですが、そうかといって、立場上、忠兵衛自らが雑司ヶ谷に赴くわけにもいかず、手前勝手と重々承知のうえ、龍之介さまにお縋りするほかないと思い、思い切って文を差し上げることにしました」

龍之介はそこまで読むと、思わず目を閉じた。

案じていたことだが、なんと、そこまでいっていたとは……。

では、芙美乃は自分に雑司ヶ谷まで出向き、哲之助を諫《いさ》めろと言っているのであろうか……。

だが、そんなことをすれば火に油を注《そそ》ぐようなもので、なおのこと哲之助は頑《かたく》なになり、恥をかかされたと自分を恨むのではなかろうか……。

龍之介は一瞬戸惑《とまど》いを見せたが、再び、文に目を戻した。

「誤解なさらないで下さいませ。内田家では戸田家に何も言って来ているわけではありません。聞き及びますに、琴乃さまは哲之助さまがあのような状態にあっても冷静に対応され、哲之助さまが再び心を開かれるのを待っておいでのようです。先ほど、龍之介さまにお縋りするよりほかないと申しましたが、わたくしは少なからず琴乃さまのお気持を知っているつもりでおります。あの方は堪《た》え忍び、ご自分を律するおつもりなのです。すべての原因は、好いたお方の面影《おもかげ》を払えないまま哲之助さまと祝言を挙げてしまったことであり、その結果、哲之助さまに辛い思いをさせてしまったこと……、それが哲之助さまを酒に走らせた原因なのだと、そうお思いなのではないでしょうか……。実を申しますと、わたくし自身も現在《いま》、龍之介さまが雑司ヶ谷をお訪ねになるのはいかがなものかと、千々《ちぢ》に心が乱れております。とはいえ、このままでは忠兵衛までが気を病《や》んでしまうのではなかろうかと思い、忠兵衛の心を慰《なぐさ》める意味でも、出来るだけ早いうちに千駄木の屋敷をお訪ね下さいますようお願い申し上げます。莫迦な義姉とお嗤いになっても構いません。現在《いま》、忠兵衛の心を救えるのは、血を分けた実の弟、龍之介さまのほかありません。どうか、どうか、龍之介さま、お助け下さいませ」

芙美乃の文はそこで終わっていた。

やはり、芙美乃にも、現在《いま》龍之介が雑司ヶ谷を訪ねるのは火に油を注ぐようなものと解っているのである。

だが、忠兵衛がそこまで心を痛めていたとは……。

忠兵衛と龍之介は、父戸田藤兵衛《とうべえ》と桐生《きりお》との間に生まれた。

ところが、母桐生は生来病弱だったこともあり、龍之介がやっと伝い歩きを始めた頃にこの世を去った。

桐生はまだ幼い龍之介の行く末を案じ、実家《さと》の黒田《くろだ》家から連れて来た御側《おそば》夏希にあとを託して息を引き取ったという。

桐生の遺言に則《のっと》り、夏希が藤兵衛の後添いに収まることになったのである。

その後、藤兵衛と夏希の間に哲之助が生まれ、忠兵衛、龍之介兄弟は義理の弟を持つことになったのであるが、龍之介とは七歳離れた忠兵衛には、物心もつかない頃に実の母を失った龍之介が不憫《ふびん》で堪らなかった。

が、夏希の前では、口が裂けてもそんなことは言えない。

おそらく、忠兵衛は年を追うごとに龍之介と夏希の間が気まずくなっていくのを、見るに忍びなかったのではなかろうか……。

だから、藤兵衛の死後、戸田の家を出たいと言い出した龍之介に、忠兵衛は異を唱えることが出来なかったのだと思う。

あいつなら、どこに行っても真摯《しんし》に生きていくに違いない……。

そう思ったかどうかは定かでないが、龍之介を信じてくれたことだけは確かである。

が、そんな忠兵衛の思惑が外《はず》れたのは、内田家の嫡男《ちゃくなん》が不慮の事故でこの世を去り、急遽、妹の琴乃が跡目を継ぐことになったことだろう。

そんな、まさか……。

忠兵衛は焦燥《しょうそう》した。

こんなことになると判っていれば、何も龍之介が琴乃の前から姿を消すことはなかったのだ……。

そう思い、戸田家でも慌てて龍之介の行方《ゆくえ》を捜したが、夏希のほうがひと足早かった。

夏希は内田家からの遣《つか》いに、龍之介はすでに市井の者と所帯を持ったと嘘を吐いてまで、哲之助を内田家に婿入りさせようとしたのである。

何もかもが夏希の嘘であったと忠兵衛が知ったのは、結納が取り交わされた後のことであった。

が、芙美乃からそのことを聞かされた忠兵衛は、今からでも遅くはない、すぐさま内田家に本当のことを打ち明けるべきだと諫言する芙美乃の言葉に、耳を貸そうとしなかったのである。

すでに、結納は交わされた後……。

今さら龍之介が所帯を持ったというのは夏希の吐いた嘘だと打ち明けたのでは、戸田家が甘くいっていないということを公《おおやけ》にするだけの話で、戸田家の当主となった自分が世間に恥をさらすようなことをしてよいものかどうか……。

それで、心を鬼にして龍之介には泣いてもらうことにしたのだが、振り返るに、あの時点で何もかもの歯車が狂ったのだと思うと、慚愧《ざんき》に堪えない。

あのとき、世間体《せけんてい》など考えずに行動に移していたら……。

おそらく、忠兵衛はそんな想いに苛《さいな》まれているのに違いない。

兄上……。

そう、ご自分をお責めになりませぬよう……。

龍之介は忠兵衛の顔を眼窩《がんか》に描いた。

そうだ、明日、千駄木に行って来よう！

とにかく、忠兵衛と腹を割って話す以外に手はないだろう。

龍之介は文をくるくると巻き戻すと、有明行灯《ありあけあんどん》を瞠めた。

灯心《とうしん》がジジッと音を立て、蠟燭《ろうそく》の灯《ひ》が瞬《またた》いた。

ふっと、忠兵衛の顔が目の前に現れ、続いて哲之助の顔が……。

が、不思議なことに、懸命に思い出そうと努めても、どうしても琴乃の顔が浮かんでこない。

琴乃どの……。

口の中で小さく呟いてみる。

が、終《つい》しか、琴乃の顔は浮かんでこなかった。


翌日、龍之介は千駄木の鷹匠屋敷を訪ねた。

この前この屋敷を訪ねたのは、昨年の霜月《しもつき》（十一月）のこと……。

病に臥した義母《はは》夏希が、今際の際にひと言別れを告げ、龍之介に頼みたいことがあるとの遣いを受けて訪ねたのであるが、別れを告げるというからには永年の不人情を詫びるのかと思ったら、夏希の頭には最後の最後まで哲之助のことしかなかった。

今さら詫びてもらったところで虚《むな》しいだけだが、龍之介は改めて夏希の執念を思い知らされたように思い、戸惑いを隠せなかった。

夏希は恥も外聞もなく、哲之助を頼む、護ってやってくれ、と哀願したのである。

それからしばらくして、夏希はこの世を去った。

が、龍之介は通夜《つや》にも野辺送《のべおく》りにも参列しなかった。

参列しなかったというより、龍之介には知らされなかったのである。

龍之介が夏希の死を知ったのは友七親分の口からで、それによると、一廻り前に野辺送りは終わったと……。

龍之介は思わず苦笑した。

夏希の死を知らされたとしても、はたして自分は駆けつけたかどうか……。

いや、やはり、参列は控えたに違いない。

忠兵衛にも芙美乃にもそれが解っていたからこそ、敢えて知らせなかったのであろう。

通夜、野辺送りに参列すれば、否《いや》が応《おう》でも哲之助や琴乃に逢うことになる。

おそらく、忠兵衛はそれを避けたかったのに違いない。

あれ以来、千駄木には帰っていなかった。

夏希がいなくなった現在《いま》だからこそ、もっと足繁《あししげ》く通ってもよいものを、なぜかしら躊躇《ためら》ってしまうのである。

半年ぶりに逢った忠兵衛は鬢《びん》に白いものがちらほらと見え、心なしか窶《やつ》れたように見えた。

どうやら、忠兵衛は今日辺り龍之介が訪ねて来ると思っていたらしく、婢《はしため》の久米《くめ》に案内されて居間に通された龍之介に、大仰《おおぎょう》な身振りで手招きをした。

「やっと来たか！　さあ、こっちに参れ。どれ、顔を見せてくれ……。おう、元気そうではないか」

「お久しゅうございます。兄上も息災なご様子……、と言いたいところですが、ずいぶんとお疲れのようではないですか。いかが致しました？」

「なに、このところ眠りが浅くてな……。いや、何がどうということはないのよ。今や、わしも三十七……。もう若くはないということだ」

「何をおっしゃいます。まだこれからではないですか！　それに、先ほど玄関先で義《あ》姉上《ねうえ》をお見かけして感じたのですが、もしや、お目出度《めでた》なのでは……」

龍之介が上目《うわめ》で忠兵衛を窺う。

「おっ、気づいたか……。やっと、茂輝にも弟が出来ることになってのっ」

忠兵衛が嬉しそうに相好《そうごう》を崩《くず》す。

「それはおめでとうございます。さぞや、茂輝も悦んだことにございましょう」

「ああ、いささか歳《とし》が離れすぎてしまったがな。生まれてくるのが男であろうと女であろうと、自分が親代わりとなって育ててみせると、まあ生意気なことを……」

「親代わりですと？」

「父上はもうお歳なので、いつ何があるやもしれない、万が一といったことがあれば、自分が立派に親代わりを務めましょうぞと申してな……」

「茂輝がそのようなことを……」

龍之介の胸が熱くなった。

生まれてくる赤児《やや》と茂輝は、一廻り（十二歳）ほど歳が離れることになる。

なるほど、赤児《やや》が元服する頃には、忠兵衛は五十路《いそじ》過ぎ……。

いつ何があってもおかしくはない歳である。

「だが、わしにも茂輝の気持が解らぬでもない。おぬしが生まれたとき、わしは七歳であったからのっ……。父上は病弱な母上には、もう子は望めないと思われていたのだろう。子供のわしにも父上の気持が解っていたのでな。ところが、なんと七年ぶりに弟が生まれたのだ。嬉しくてな……。この弟のためならなんでもしてやろう、何があっても護ってやるのだと意気込んだのを今でもはっきりと憶《おぼ》えている。おそらく、茂輝もそう思っているのだと思うと、あいつのためにも、一日でも永く生きてやらねばと思ってのっ……」

龍之介はおやっと思った。

忠兵衛の目がきらと光ったのである。

どうやら、忠兵衛は幼くして母を失ったときのことを思い出したのであろう。

「兄上、忝《かたじけの》うございます」

「何が……」

「兄上がこれまでわたしにして下さったことを思うと、どんなに感謝してもし尽くせないほどです」

龍之介が深々と頭を下げる。

「何を申しておる。兄として当然のことをしたまでだ」

「いえ、一歳になるやならない頃に母を失ったわたしを不憫にお思いになり、陰になり日向《ひなた》になりして、いつも庇《かば》って下さいました。あれは兄というより、母としての慈《いつく》しみ……。そのお陰で、実の母のいないわたしも卑屈になることなく、胸を張って生きてこれましたゆえ……」

「おいおい、わしはおぬしにとって、父ではなく母か?」

「はあ……、そのどちらもかと……」

忠兵衛がぷっと噴き出し、肩を揺すって笑う。

そこに、芙美乃が婢と一緒に茶菓《さか》を運んで来た。

「まあ、ずいぶんと愉しそうですこと! 何をお話しになっておいでなのですか?」

芙美乃がふわりとした笑みを寄越し、茶台《ちゃだい》を二人の前に置く。

「なに、こやつがそれがしのことを母のように思っていたと申すのでな」

「まあ、母のようにですと？」

芙美乃が目をまじくじさせる。

「なっ、おかしいであろう？」

「いいえ、むろん、父上が亡くなられてからは、兄上のことを父としてお慕いしました。わたしが言っているのは、それこそまだ頑是《がんぜ》ない頃のことでして……」

龍之介が慌《あわ》てて言い繕う。

「よいよい、いずれにせよ、おぬしがそう思ってくれるのは嬉しいことなのでな」

忠兵衛が茶を含み、目許《めもと》を弛める。

「義姉上、お目出度だそうで、祝着至極《しゅうちゃくしごく》にございます。それで、赤児《やや》はいつ頃……」

「やっと五月《いつつき》に入りましたのよ。順調にいけば、秋には……」

「秋か……。いい季節ですね。では、その折には、また祝いを持って馳せ参じましょう」

「あら、それまでは来て下さらないという意味ですか？」

「いえ、そういう意味では……」

「龍之介さま、どうか、これからもちょくちょくお越し下さいませ。わたくし、主人のこんなにも嬉しそうな笑顔を久し振りに見たような気がします。やはり、実の兄弟とはよいものなのだなと……。主人のためにも、茂輝のためにも、時折、顔を見せてやって下さいませ」

芙美乃が辞儀をするかに見せて、横目にちらと目まじする。

その目には、来て下さって有難う、助かりました、という意味が込められていた。

「芙美乃の申す通りだ。もう誰にも気を兼ねる必要がないのだから、ここを我が家と思ってよいのだぞ。今宵は泊まっていくのだろうな?」

忠兵衛が嫌《いや》とは言わせないぞとばかりに畳《たた》みかける。

「ええ、そのつもりで参りましたゆえ、今宵は兄上と一献傾けとうございます」

「おう、大いに飲もうぞ! 芙美乃、賄《まかな》い方《かた》に申しつけ、腕に縒《よ》りをかけて美味いものを作らせるのだ」

「畏《かしこ》まりました」

芙美乃と婢が下がっていく。

「茂輝は教授所ですか?」

「ああ、教授所からの帰りに道場に寄るのでな。帰りは大概六ツ半（午後七時）頃になる」

「六ツ半……。それではお腹が空くでしょうに……」

「なに、供の下男が間に小中飯《こじゅうはん》（おやつ）を食べさせるのでな。十二歳といえど、茂輝はよく精進《しょうじん》しておる。昨年、切紙目録《きりがみもくろく》が貰えたようだし、学問のほうでも、このままいけば元服する頃には昌平坂《しょうへいざか》も夢ではないと……」

茂輝のことを語るときの忠兵衛は、親馬鹿丸出しである。

親が子を思うということはこういうことであり、思えば、龍之介も忠兵衛からこんなふうに愛《いと》しそうに見られたことがあるのである。

龍之介の胸につと過《よ》ぎったその想いに、どうやら忠兵衛も気づいたとみえ、改まったように龍之介に目を据えた。

「龍之介、済まなかったな。おぬし、芙美乃から文を貰い、それで今日訪ねて来たのであろう？　芙美乃からそのことを聞き、余計なことをするでないと叱《しか》ったのだが、本音《ほんね》を言えば、来てくれて本当に嬉しいのだ。哲之助のことがあり、どうしたものかと気が滅入《めい》っていたのだが、おぬしの顔を見た途端、これまでくさくさしていた気ぶっせいな気持が一気に吹っ飛んだ気がしてな……。おぬしには不思議な力があるものだのっ」

「止《よ》して下され、不思議な力などと……。でも、わたしに逢うことで兄上の気が晴れるのであれば、これほど嬉しいことはありません」

「のう、龍之介……。おぬしはどう思う？　哲之助のことだが、事情はともあれ、あいつは内田家に差し上げた男だ。内田家がまだ何も言うてきておらぬというのに、わしが差出《さしで》して口を挟《はさ》むと、かえって話が拗《こじ》れはすまいかと、それで座視しているのだが、わしの考えに間違いはないだろうか……」

忠兵衛が食い入るように龍之介を瞠める。

「わたしもそれしか方法がないように思えます。ところで、義姉上《あねうえ》の文には、哲之助の状態がお役目に障りが出るほどとありましたが、どういった状態なのでしょうか」

忠兵衛が腕を組み、蕗味噌《ふきみそ》を嘗《な》めたような顔をする。

「それよ……。なんでも、夜更《よふ》けまで酒を飲み、登城近くになっても起きて来ないそうでな。伝え聞いた話では、起こしに行った婢を怒鳴りつけるなんて生《なま》はんじゃくなものではなく、小太刀《こだち》を振り翳《かざ》して追い回したとか、お役目の最中《さなか》に眠りこけたとか……、こんなふうに醜聞《しゅうぶん》は枚挙に暇《いとま》がないほどだ。内田家でもほとほと手を焼いているようなのだが、かといって内田家が苦情を言ってくるわけでもなく、いまだ哲之助を廃嫡《はいちゃく》しようともせぬ……。戸田家にしてみれば、哲之助はあちらに差し上げたわけだから、内田家が煮て食おうと焼いて食おうと構わぬのだが、わしの口からそうしてくれとは言えぬのでな……」

「それで、琴乃どのはいかが考えておいでなのでしょう」

「さあて……。女ごの気持はよく解らぬのでな。ただ、芙美乃が申すには、琴乃どのは哲之助が酒に溺れるようになったのを自分の責任のように思い、だからこそ堪え忍んでいるのではなかろうかと……。龍之介、改めて訊《き》くのだが、おぬしと琴乃どのとの間には何もないのだな？　いや、誤解をしてもらっては困る。決して、あの二人が夫婦《めおと》になってから、おぬしが琴乃どのと通じているとは思っておらぬのだ。が、気振《けぶり》にでも、そういった態度を見せたことはないのだなと確かめているのだ」

「そんな莫迦な……。そんなことがあるはずがありません！　わたしは琴乃どのの前から姿を消して以来、文の一通も出したことはありませんし、お逢いしたのもこの千駄木の屋敷にて……。それも、久方ぶりに屋敷を訪ねたわたしと、義母上《ははうえ》の見舞いに来られた琴乃どのと偶然お逢いしたのが一度と、義母上がいよいよ危篤《きとく》状態に陥《おちい》り、急遽わたしにお呼びがかかったときが二度目……。しかも、一度目は琴乃どののお腹には哲之助の子が宿っていましたし、二度目は生まれた赤児《やや》が亡くなった直後のこと……。二度とも、琴乃どのとは会話らしき会話もしませんでした。気振などとは天骨《てんこち》もない！」

「まあ、そう怒るでない……。済まぬ。この通りだ、許してくれ……。おぬしには非がないのだ。もちろん、琴乃どのにも非はない……。今思えば、あのときなぜ、芙美乃の諫言を受け入れなかったかと悔《く》やまれてならぬ。世間体など気にせず破談にしておれば、琴乃どのも哲之助もここまで悩まずに済んだであろうに……。龍之介、おぬしにも済まないことをしてしまった。あれほど、おぬしと琴乃どのは慕い合っていたというのに……。わしの思慮が及ばなかったばかりに、当事者ばかりか周囲《まわり》の者にまで心を痛めさせてしまい申し訳なく思っている。世間体は繕えても、人の心までは繕えないということを失念してしまい、返す返すも口惜《くちお》しく、慚愧《ざんき》に堪えぬ。許してくれ、龍之介……」

忠兵衛が畳に頭を擦りつけるようにして謝る。

「兄上、頭をお上げ下され。わたしは謝っていただこうとは思っていません。謝るのであれば、琴乃どのに、そして哲之助にも……」

「哲之助に？」

「確かに、哲之助はわたしと琴乃どのが慕い合っていると知ったうえで、義母上《ははうえ》の策略に千載一遇《せんざいいちぐう》の機宜《きぎ》とばかりに乗り、わたしが妻帯したというのは嘘だと知っていて内田家に入りました。ところが、祝言を挙げた後も哲之助は琴乃どのの心までは摑《つか》むことが出来ず、悶々とした日々を送ることになってしまいました。自業自得《じごうじとく》とひと言で片づけることも出来ますが、今思えば、哲之助も琴乃どのに想いを寄せていたのですよ。が、義兄《あに》のわたしを憚《はばか》り想いを打ち明けることも出来ず、半《なか》ば諦めかけていた……。そこに、降って湧いたように内田家への婿入り話が出たのです。哲之助にしてみれば、ぼた餅《もち》で叩かれたようなもの……。母親の嘘を見て見ぬ振りをしたのも、ただただ琴乃どのと夫婦《めおと》になりたかったからではないでしょうか……。おそらく、祝言さえ挙げてしまえば、いつかは琴乃どのの心が自分に向かうのではなかろうかと、そのように考えていたのだと思います」

「ところが、琴乃どのの心は相も変わらず龍之介に向いていた……。なるほどのう……。肉体は手に入っても心まで摑めきれないもどかしさに、哲之助は悶々とし、辛さから逃れるために酒へと……。が、その酒が原因《もと》で、やっと手に入れた自分の分身を失うことになってしまったとはのう……。ということは、やはり、あのとき、わしがきっぱりと義母上《ははうえ》をお諌めし、家内の恥をさらすことを懼《おそ》れず本当のことを内田家に打ち明けていれば、琴乃どののやおぬし、哲之助までが後顧《こうこ》に憂《うれ》いを残さずに済んだということになるのだな……」

「…………」

龍之介には返す言葉がなかった。

肯定《こうてい》すれば忠兵衛を非難することになり、かといって、否定することも出来ない。

「わっ、叔父上《おじうえ》、お見えになっていたのですか！」

廊下でバタバタと足音がしたかと思うと、茂輝が居間に飛び込んで来た。

「これ、茂輝、行儀の悪い！」

忠兵衛に睨《ね》めつけられ、茂輝が威儀《いぎ》を正す。

「おいでなさいませ」

「おう、久し振りだな。どうした、道場ではなかったのか？」

龍之介はそう言いかけ、おっと茂輝の左腕に目を留《と》めた。

肘下《ひじした》に晒《さらし》が巻いてあるのである。

「どうした、その腕は……」

忠兵衛が訊ねると、茂輝は照れ臭そうに肩を竦めた。

「早坂《はやさか》に小手《こて》を取られまして……。大したことはないのだけど、見る見るうちに腫《は》れ上がったもんだから、師匠の奥さまが大事を取って今日は早くお帰りなさいと……。けど、良かったァ！　早く帰ってみると、叔父上がお見えになっていたんだもの

「……」

茂輝が燥《はしや》いだように言う。

「痛くないのか」

「平気です。こんなの屁《へ》でも……、あっ、痛《いて》ェ！」

茂輝が振り上げようとした左腕を下ろし、眉根を寄せる。

「おいおい、大丈夫かよ……。おっ、茂輝、聞いたぞ！　おまえ、兄さんになるんだってな。嬉しいか？」

「はい！　子分が出来ると思うと、嬉しくて堪りません」

「子分？　おまえ、親代わりとなって育ててやるのではなかったのか」

「子分のようにわたしの言うことを聞かせ、親のように可愛《かわい》がってやるという意味です。おかしいですか？」

茂輝が大真面目《おおまじめ》な顔をして答える。

忠兵衛と龍之介は顔を見合わせ、目許を弛めた。

しっかりしているように見えても、そこは十二歳の子供である。

この日、龍之介は久々に忠兵衛一家と食膳を囲み、和気藹々としたひとときを過ごした。

芙美乃の満ち足りた表情……。

茂輝の笑い声、そして、そんな二人を愛しそうに瞠める忠兵衛……。

ああ、家族とはこれが本来の姿なのだ。

龍之介はその光景をしっかと胸に焼きつけた。


翌朝、朝餉《あさげ》を済ませた後、その日たまたま非番であった忠兵衛が、墓に詣《まい》らないか、と言い出した。

「墓にございますか……」

突然のことで、龍之介は目を瞬いた。

戸田家の墓所《はかしょ》は、鷹匠屋敷の西隣《どなり》、大泉寺《だいせんじ》にあった。

戸田の家を出るまでは、折あるごとに父母の墓に詣っていたが、千駄木を離れてからは次第に脚が遠のき、そう言えば、この前詣ったのは三年前……。

「それはようございますわ！　お日和《ひより》もよいことですし、兄弟揃《そろ》ってお詣りになれば、お父上もお母上もお悦びになりますことよ！　では、早速、花の用意をいたしますわね」

芙美乃が婢に花を準備するようにと申しつけ、自らも線香や蠟燭といったものを合切袋に詰め、仕度《したく》をする。

「義姉上《あねうえ》もご一緒に？」

「ええ。ご先祖様にお縋りしなければならないことが山ほどもありますのでね」

芙美乃は茶目っ気たっぷりに首を傾《かし》げた。

四月初めの長閑《のどか》な朝である。

風がそっと優しく頰《ほお》や項《うなじ》を撫《な》でていく。

百千鳥《ももちどり》とでもいうのであろうか、周囲《まわり》の雑木林から小鳥の囀《さえず》りが競うようにして流れてくる。

神明宮《しんめいぐう》の脇の桜は盛りを過ぎたとみえ、それでも僅かに木に残っている花弁《はなびら》が、ひらひらと心許《こころもと》なく舞い下りてくる。

二代将軍の頃から続く戸田家の墓は大小さまざまで、墓地の一角を占領していた。

その中でも、先代藤兵衛の墓は周囲《まわり》の墓より一際《ひときわ》大きく、威風堂々《いふうどうどう》とした屋根付き墓である。

その隣に、忠兵衛と龍之介の母、桐生の墓……。

藤兵衛の墓より幾分小さいが、これとて他の墓に比べればずいぶんと立派な墓である。

桐生は藤兵衛より十年以上も前に亡くなっているので、おそらく桐生の墓を基準に、藤兵衛の墓を少し大きくしたものと思える。

が、ここまでは龍之介も見慣れた光景で、これまでもそれがごく自然に思えていたのである。

ところが、藤兵衛の墓を真ん中に挟み、桐生とは反対側に建てられた夏希の墓はどうであろう……。

桐生の墓と比べても、極端に小さいのである。

夏希の墓は忠兵衛が建立《こんりゆう》したものだが、では、敢えて、忠兵衛は桐生と夏希の墓に差をつけたというのであろうか……。

桐生が藤兵衛の正妻であり、夏希は後添い。

もっと言えば、夏希は桐生が実家《さと》の黒田家から連れて来た、元御側……。

が、龍之介にはそれだけではないように思えた。

忠兵衛が永いこと口に出して言えなかった想いが、ここにすべて凝縮《ぎようしゆく》されているように思えたのである。

立場を弁《わきま》えろ……。

後添いの身でありながら、我が子可愛さのあまり義理の息子を冷淡に扱ったことを、忠兵衛は決して許してはいなかったのである。

それでも、戸田家の嫡男である忠兵衛にはどこかしら畏怖《いふ》の念を持って接していたように思うが、哲之助とあまり歳の違わない龍之介に対しての陰湿な苛《いじ》めの数々……。

心柄《こころがら》が温和な忠兵衛にはそんな夏希を厳しく諫言することが出来なかっただけに、その想いをこうして墓の大きさで表したかったのではなかろうか……。

「どうした？　驚いたか……」

忠兵衛が決まり悪そうに、月代《さかやき》に手をやった。

「…………」

龍之介にはなんと答えてよいのか判らない。

「本来はこうあるべきだったのだ。生前は義母《はは》としてお尽くししたのだから、死後は元の形に戻り、あの女《ひと》には母上の御側でいてほしいと思ってよ」

忠兵衛が辛そうに呟く。

その刹那《せつな》、龍之介は目から鱗《うろこ》が落ちたように思った。

ああ、夏希にもそれが解っていたからこそ、筒一杯《つっいっぱい》背伸びをし、あそこまで虚勢を張ろうとしたのだ……と。

考えてみれば、夏希も哀れな女ごだったのである。

自分の立ち位置が解っているからこそ、せめて我が子にだけはと肩肘《かたひじ》を張って生きてきたのであろう。

龍之介は夏希の墓に線香を供《そな》え、手を合わせた。

義母上《ははうえ》、今やっと、あなたのことが解りました。

今際の際に言われたこと、哲之助を護ってやってくれとのお言葉に、わたくしは応《こた》えることが出来るかどうか……。

けれども、今こそ、哲之助は自らの力で立ち直らねばならないのです。

おそらく、兄もわたくしも、そんな哲之助を傍《はた》から見守ることしか出来ないでしょう。

それが、本当の意味で哲之助を護るということなのですから……。

胸の内でそれだけ呟くと、龍之介は立ち上がった。

「ずいぶんと長く手を合わせておられましたこと！」

芙美乃が背後から声をかけてくる。

「龍之介も物好きよのっ！」

忠兵衛がひょうらかした（からかう）ように言う。

「まあ、ごらんなさいませ。側溝を桜の花弁《はなびら》が流れていきますわ。なんて綺麗なのでしょう！　花弁の絨毯《じゅうたん》も綺麗だけど、こうして水に漂う花弁って、また一段と風情《ふぜい》がありますのね。あの花弁に乗って、人の持つ遺恨や修羅《しゅら》の妄執《もうしゅう》のすべてを流し去ることが出来たらどんなにかいいか……」

芙美乃が墓地の脇に掘られた側溝に目をやり、しみじみとした口調で言う。

十寸ほどの側溝を、桜の花弁がゆるゆると漂うように流れていく。

まるで、花筏《はないかだ》のようである。

そうだ、流さなければならないのだ……。

そう思ったとき、一陣《いちじん》の強い風が吹き、龍之介の月代にひらりと花弁が舞い下りた。

「あら、龍之介さまの頭に……」

「義姉上《あねうえ》も……」

龍之介と芙美乃は顔を見合わせ、くすりと肩を揺らした。

そうだ、花弁の流れと共に、怨嗟《えんさ》のすべてを流し去らなければならないのだ……。

そう思ったとき、再び強い風が吹いた。

「さあ、参ろうぞ！」

忠兵衛が爽《さわ》やかな声で言い切った。

面影草
おもかげぐさ

「鰹《かつお》ォえ〜〜、鰹ォ〜〜」

八幡橋を渡って来た鰹売りが、威勢のよい売り声を上げて、黒江町から一の鳥居を目掛けて駆けて行く。

挟箱《はさみばこ》を肩にかけ、午後からの配達に出掛けようとしていた六助が、ちょいと与一の脇腹を小突いた。

「初鰹だとよ。俺たち町小使《まちこづかい》（飛脚）も生涯《しょうげえ》に一遍でいいから、この時季、初鰹を口にしてみてェものよの？」

「ああ、まったくでェ！　けど、賄《まかな》いで食わせてくれと言ってみな？　おはまさんにど突かれちまう……。鶴亀《つるかめ》鶴亀！」

与一はそう言うと、背後の正蔵を振り返り、ぺろりと舌を出した。

「てめえら、何をぐずぐずしてやがる！　とっとと行かんか、とっととよ！」

正蔵がどしめく（怒鳴る）と、六助と与一は顔を見合わせ、首を竦《すく》めて表に飛び出した。

ちりんちりんと風鈴の音《ね》が鳴り響く。

そうか、初鰹の季節がやってきたのか……。

正蔵は独《ひと》りごちると、台帳へと目を戻した。

今宵《こよい》あたり、戸田さまを誘って千草の花を覗《のぞ》いてみるのもいいかもしれねえな……。

頭の中に、鰹の刺身《さしみ》を描《えが》いてみせる。

が、同時に、目尻を吊《つ》り上げたおはまの顔が……。

正蔵は慌《あわ》てて鰹への未練を振り払った。

「何もわざわざ高直《こうじき》な走りを食べることはないじゃないか！　少し待ったら常並《つねなみ》な値段になるんだからさ。はン、何が女房を質《しち》に入れてでも初鰹を食わぬは江戸の恥なのさ！　魚屋の陰謀にまんまと乗せられてるってのも知らないでさ」

おはまは棒手振《ぼてふり》の売り声を聞くたびに、こんなふうに憎体口《にくていぐち》を叩《たた》くのだった。

それが判《わか》っているというのに、自分だけ鰹の刺身を食うなどと、雪隠《せっちん》で米を噛《か》むようなことは出来っこねえ……。

そんな独りよがりは、ここでは通用しないのである。

とはいえ、六助や与一が初鰹を食いたがる気持も解らなくはない。

何しろ、江戸者は初物《はつもの》食いを信条としているのだった。初物を食うと七十五日長生きをすると、鰹はもちろんのこと、茄子《なす》や胡瓜《きゆうり》、西瓜《すいか》に至るまで、他人《ひと》より一日でも早く食べることを自慢としたのである。

よって、女房を質に入れてまで初鰹を食うと粋《いき》がるのも、江戸者の持つ意地と我慢から来るのであろうが、おはまが言うように、愚《ぐ》の骨頂《こっちょう》といえば、これほど莫迦《ばか》げたこともないだろう。

文政《ぶんせい》年間、浅草の八百善《やおぜん》が一本二両一分《ぶ》もする初鰹を三本仕入れたと話題になったことがあるが、それは特殊な例であり、棒手振が巷《ちまた》に持ち歩く初鰹は一本一分……。銭《ぜに》なら千文《もん》だが、棟割《むねわり》長屋の店賃《たなちん》が五、六百文ということから考えても、これはかなりの高直である。

当然、一軒の家では賄いきれず、何軒かが分け合って買うことになるのだが、つがもない（莫迦莫迦しい）！

四、五日も待てば、鰹の刺身が一人前五十文程度で買えるというのに……。

しかも、味はまったく違わないのである。

おはまが魚屋の陰謀と憎体に言うのもこのことで、正蔵にしてみれば、道理ごもっともと頷《うなず》かずにはいられない。

その実、おはまは鰹の値が落着いた頃合いを見て、犒《ねぎら》いのつもりで店衆《たなし》の賄いに鰹の刺身をつけることを忘れなかった。

大所帯の日々堂とあり、一人に三、四切れしかつかないが、それでも大盤振舞《おおばんぶるまい》で、町小使ばかりか女衆《おなごし》までが、目尻をでれりと下げて美味《うま》そうに食べるのだった。

正蔵はちらと頭を占領した鰹への想《おも》いを振り払うと、算盤《そろばん》を手にした。

が、どうにも目が霞《かす》んでならない。

やっぱ、一度医者に診《み》せたほうがいいのかもしれねえな……。

正蔵が目頭《めがしら》を指で圧《お》す。

が、何やら茶の間のほうが騒がしい。

確か、現在《いま》は戸田さまは道場に行って留守だし、清太郎坊ちゃんは手習《てならい》の指南所のはずだが、一体《いってえ》誰が……。

そう思ったとき、茶の間から正蔵を呼ぶお葉の声が聞こえてきた。

「正蔵、ほら、ちょいとおいでよ！」

ずいぶんと燥《はしや》いだ声である。

一体全体《いってえぜんてえ》、どうしたってェのよ……。

正蔵が訝《いぶか》しそうな顔をして茶の間に入って行くと、三十路《みそじ》半《なか》ばの女《おな》ごが正蔵を認め、ぺこりと頭を下げた。

おやっと、正蔵は首を傾《かし》げた。

確かに見覚えのある顔なのだが、誰なのか咄嗟《とっさ》には思い出せない。

「嫌《いや》だね、おまえさん、忘れちまったのかえ？　おいせさんだよ！」

おはまが笑いを噛み殺し、くくっと肩を揺《ゆ》する。

「おいせって……、あの、おいせ？」

「ええ、あのおいせです。お久し振りです」

おいせは再び腰を折った。

正蔵は信じられないといった顔をして長火鉢《ながひばち》の傍《そば》まで寄って来ると、胡座《あぐら》をかいた。

「おまえ、確か、嫁に行ったのじゃ……」

「ええ、海とんぼ（漁師）の元に嫁《とつ》ぎましてね。一度は姑《しゅうとめ》去《ざ》り（離縁）されたんだけど、縁あって再び……」

「えっ、じゃ、後添《のちぞ》いに入《へえ》ったのか？」

「後添いというか……」

おいせが照れたように膝《ひざ》の上で手を扱《しご》く。

「それがさァ、元の鞘《さや》に収まったんだってさ！」

おはまが焦《じ》れったそうに口を挟む。

「………」

正蔵が目をまじくじさせる。

「だからさ、一旦は姑去りされたんだけど、ご亭主がどうしてもおいせさんを忘れられなくて、姑を説き伏せたんだってさ」

お葉はおいせとは初対面のはずだが、このいかにも昔馴染《なじ》みであるかのような顔はどうだろう……。

「なんでェ、そういうことかよ……」

やっと事情が呑《の》み込めたとみえ、正蔵が改まったようにおいせを見る。

「おめえ、ここを辞《や》めて何年になる？」

「清坊《せいぼう》がお咲《さき》さんのお腹の中にいるときだったから、かれこれ九年になるかね……。ふふっ、まあ、女将《おかみ》さん聞いて下さいよ。正蔵ったら、おいせさんがいなくなっちまったもんだから、いっときすっかり気落ちして……。ねっ、もう昔のことだもの、言ってもいいよね？」

おはまが正蔵とおいせを窺《うかが》う。

「止《よ》しな、莫迦なことを言うもんじゃやねえ！」

正蔵は挙措《きよそ》を失ったが、おはまは平気平左衛門《へいきへいざえもん》、けろりとした顔をして続けた。

「この男《ひと》ね、一時期、おいせさんにほの字だったんですよ！　ほら、見ての通り、この女《ひと》って、三十路を超《こ》えたというのに現在《いま》でもぼっとり者だろ？　極《きわ》めつきの美印《びじるし》（美人）というのとはまた違うけど、どこかしら男心をそそるようなところがあってさ……。それで、男衆の腰が落着かず、寄ると触るとこの女《ひと》の噂《うわさ》をしているのは知っていたけど、まっ、あいつらはいいさ、若いんだから……。けど、あろうことか、四十路《よそじ》を過ぎたこの男《ひと》までがそわそわしちまってさ！」

「てんごうを！　俺《おり》ャ、何もそんな……」

「隠したって知ってんだよ！　何年おまえさんの女房をやってると思ってるんだえ。おまえさんの胸の内なんて、とっくにお見通しだ。けど、らっちもない！　おいせさんの心はおまえさんなんかに向いていなかったんだからさ……。ねっ、そうだよね？　おいせさん当時、おいせさんは旦那《だんな》さまに懸想《けそう》してたんだもんね？　けど、お咲さんのお腹に赤児《やや》が出来たと知って、それで、居たたまれない思いでここを出て行ったんだよね？」

おはまの言葉に、お葉がえっとおいせの顔を見る。

おいせは慌てた。

「そんな……。昔のことですもの、もういいじゃありませんか……。申し訳ありませんん、女将さんの前で……。あたしが悪かったんです。旦那さんはあたしのことなんてなんとも思っていらっしゃらなかったのに、あたしが一人相撲《ずもう》をしてたんです。それで、奥さまのお腹に赤児《やや》が出来たと知り、束の間《つかのま》であれ、邪《よこしま》な心を持ったあたしはここにいるべきではないと思って……」

おいせが肩を丸め、鼠鳴《ねずみな》きするような声を出す。

「そうだったのかえ……。おまえさんの気持はあたしにはよく解るよ。甚三郎って男気《おとこぎ》のある、男の中の男だったもんね。女ごなら、あの男《ひと》に惚《ほ》れたって仕方ないさ。だが、考えてみると、おまえさんは気の毒だったね。あの男《ひと》にはお咲さんという歴《れっき》とした女房がいたんだもん……。それを思うと、あたしは幸せだ。あの男《ひと》に巡《めぐ》り逢《あ》ったときにはすでにお咲さんは亡くなっていたんだからさ。おまえさんとあたしの違いは、ただそれだけでさ。甚三郎を好きだと思う気持には変わりないんだよ」

「そう言っていただけてほっとしました」

お葉とおいせが目を瞠《みつ》め合う。

「どうだえ、うちの女将さんて心の広い女《ひと》だろ？　亭主を好きだったという女ごを前にして、ふわりと包み込んでしまうんだもんね……。あたしにはとても出来ない芸当だよ。うちの宿六《やどろく》（亭主）がおまえさんに片惚《かたぼ》れしてると気づき、これでもいっぱしに肝精《きもせい》を焼いた（やきもきする）んだからさ……。いっそ、おいせさんが惚れてるのはおまえじゃない、旦那さまなんだ、と亭主に言ってやろうかと思ったり、お咲さんを哀《かな》しませるようなことをしたら、このあたしが黙っちゃいないからね、とおまえさんに釘《くぎ》を刺してやろうかと思ったり……。けど、おまえさんが存外に潔《いさぎよ》く身を退《ひ》いて辞めてったじゃないか……。正《まさ》な話、安堵《あんど》したんだよ。それからしばらくして、人《ひと》伝《づて》におまえさんが木更津《きさらづ》の海とんぼと所帯を持ったと聞き、やれ、と胸を撫《な》で下ろしてさ。だって、そうだろう？　ここを出たのはいいが、どんな身の有りつきをしているのかと思うと気が気ではなくてさ……。男に騙《だま》され、流れの里に身を落とすようなことにでもなったらと案じていたんだよ。だから、堅気《かたぎ》の男と所帯を持ったと聞き、心《しん》から安堵したんだけど、それがまた何ゆえ姑去りなどに……」

　おはまが気を兼ねたように、そっとおいせの顔を窺う。

　おいせは辛《つら》そうに眉根《まゆね》を寄せたが、聞いてもらえますか？　と顔を上げた。

「あたしが嫁に行った先は、海とんぼといっても津元《つもと》（網元）の家でしてね。何艘《そう》もの舟を所有し、網子《あんご》という配下を使って漁をする頭取《とうどり》なのですが、それだけに旧家という意識が強く、小舟一艘で細々と生活《たつき》を支える海とんぼの娘には猿猴《えんこう》が月、と波蔵《なみぞう》の……、あっ、波蔵というのがあたしの亭主なんですけど、波蔵の双親《ふたおや》から反対されましてね。その頃、あたしは日々堂を辞めて木更津の実家《さと》に身を寄せ、小料理屋の小《こ》女《おんな》をしていたのですが、波蔵が何がなんでもおまえと所帯を持ちたい、親がなんと言おうが必ずや説き伏せてみせると言いましてね……。波蔵は一人息子でしたので、波蔵に家を飛び出されたのでは津元兼丸《かねまる》が立ち行かなくなります。それで渋々《しぶしぶ》と折れてくれたのですが、兼丸に入ってからのあたしは針の筵《むしろ》に坐《すわ》らされたような毎日でした。すること為《な》すことに難癖《なんくせ》をつけられ、育ちの悪い女ごを嫁に貰《もら》ったばかりに兼丸の先行きに暗雲が漂《ただよ》ったのも同然だと……。けれども、波蔵は優しい男《ひと》で、心《しん》からあたしに惚れ込んでくれていましたから、あたしは何を言われても辛抱《しんぼう》しようと、ずっと堪《た》えに堪えてきました。赤児《やや》さえ生まれれば、こんなあたしでも兼丸の嫁と認めてもらえるのだと思って……。ところが、いっこうにその気配がありません。そうこうするうちに、舅《しゅうと》が急死しまして……。そうなると、いつ赤児《やや》の顔が拝《おが》めるのだ、波蔵に万が一ということがあったとき、跡継《あとつぎ》がいないようでは兼丸はそこで絶えてしまうではないか、と姑がやいのやいのと言い募《つの》るようになり、あたしも次第に子を産めない自分を恥じ入り、この家にいる資格はないと思うようになったのです。そんなときでした。漁に出た波蔵の留守をつき、姑が三行半《みくだりはん》を突きつけてきたのです。あたしには抗《あらが》うことが出来ませんでした。波蔵には未練がありましたが、あの男《ひと》のためにもそうすべきだと……。それで、木更津にいたのではいつ波蔵に捜《さが》し出されるやもしれないと思い、勝浦《かつうら》まで逃げたのです」

おいせは辛そうに顔を歪《ゆが》めた。

「では、ご亭主がおまえさんを捜し出したんだね？」

お葉が訊《たず》ねると、おいせは頷いた。

「ええ、勝浦で居酒屋の小女を務めるようになって二年ほどした頃です。ついに、波蔵があたしの居場所を突き止めたのです。あの男《ひと》、あたしが兼丸を出てからも、母親が持ち込む縁談に一切《いっさい》耳を貸そうとしなかったそうですの。おいせは必ず自分の元に戻って来る……。そう言って、あちこちに手を廻《まわ》し、あたしの行方《ゆくえ》を捜させたばかりか、漁のない日には自ら富津《ふっつ》や富浦《とみうら》と主だった町まで脚《あし》を延ばし、おいせという女ごを知らないかと訊ね廻ったそうです。あたし、嬉《うれ》しかった……。そこまで波蔵があたしのことを思っていてくれたのかと思うと、もう二度と、この男《ひと》から離れまい、囲われ者になったっていいと思ったのです」

おいせがふっと心許《こころもと》ない笑《え》みを浮かべる。

「えっ、おまえさん、確か、同じ男と所帯を持ったと言ったよね？　てことは、女房になったのではなく、手懸《てかけ》になったってことなのかえ？」

おはまが驚いたように言う。

おいせは、いえ、と首を振った。

「ちゃんと、女房として迎えてもらえました。というのも、やっとあたしを見つけ出すことが出来たというのに、二度と母親に引き裂かれてはなるものかと、波蔵がいつまで経《た》っても木更津に帰ろうとしなかったのです。あの男《ひと》、このまま勝浦に骨を埋《うず》めてもよいとまで言っていたのですが、三月《みつき》後、あたしの身体《からだ》に変調が起き、赤児《やや》が出来たことを知ったのです」

「まあ、赤児《やや》が……」

「木更津にいたときには欲しくても出来なかった赤児《やや》が、勝浦で出来たとは……。神仏もなんて粋な計《はか》らいをするもんだえ！　ねっ、皆、そう思わないかえ？」

お葉が興奮したように皆を見廻す。

「そりゃ、姑が傍にいなかったからよ！　業突《ごうつ》く婆《ばばあ》が傍《はた》でやいのやいのとせっつかなければ、気が楽になって赤児《やや》も出来るってもんでよ」

正蔵が仕こなし顔に言う。

「で、どうしたえ？　赤児《やや》が出来たとなったら、姑も文句のつけようがないだろう？　それで、許してくれたのかえ？　おまえさんが兼丸に戻ることをさ」

お葉が待ちきれないとばかりに訊ねる。

「はい。相変わらず、あたしのことは気に染まないようでしたが、待望の跡継が生まれるとあっては、嫌とは言えません。それで渋々ながらも許してくれたのですが、あたしは渋々であろうとなかろうと、そんなことはもうどうでもよかったのです。波蔵の真《しん》の心に触れ、あたしは何があろうと二度とこの男《ひと》の傍から離れないと固く心に決めていましたから……。生まれたのは女児でした。姑は男の子でなかったことに失望したみたいですが、皮肉を言いこそすれ、そこは血を分けた可愛《かわい》い孫のこと……。そのうち、まるで自分が娘を産んだかのように溺愛《できあい》するようになりましてね」

おいせは娘の顔でも思い出したのか、愛《いと》しそうに目許《めもと》を弛《ゆる》めた。

「まあ、良かったじゃないか！　子は鎹《かすがい》というが、夫婦《めおと》の仲だけじゃなく、嫁姑の仲まで繋《つな》ぎ止めるんだもんね。じゃ、これで嫁としての務めが果たせたことでもあるし、前途になんら危惧《きぐ》の念を抱《いだ》くことはなくなったんだね？」

おはまが安堵したように肩息《かたいき》を吐《つ》く。

「で、現在《いま》、娘ごは幾《いく》つなのかえ？」

お葉に訊《き》かれ、おいせが嬉しそうに目許を綻《ほころ》ばせる。

「四歳になりました」

「四歳……。可愛い盛りじゃないかえ。なんだえ、連れて来ればよかったのにさ！」

「ええ、実は、主人と一緒に来ていますの。あの男《ひと》、娘に初めて江戸を見せるのだと大張り切りで……。現在《いま》、富岡八幡宮《とみおかはちまんぐう》にお詣《まい》りしていますの。あたしは深川に来たからには、何がなんでも日々堂に挨拶《あいさつ》に上がらねばと思い、何年ぶりかでお訪ねしたのですが、先ほどおはまさんから旦那さまが亡くなられたと聞き、驚いてしまいました。そんなこととは露知らず、お悔《く》やみにも上がらず失礼をしてしまいました。では、旦那さまが亡くなられたのは、女将さんが後添いに入られて、半年後のことだったのですね？　僅《わず》か半年連れ添っただけだというのに、生《な》さぬ仲のお子を育てているのですもの、頭が下がるような想いです。子を育てるということがどれだけ大変なことか……。我が腹を痛めた子であっても大変だというのに、お偉いですわ！」

お葉はおいせのその言い方に、カチンと来た。

なんだえ、結句、てめえの幸せをひけらかしているだけじゃないか……。

「これはまた、おいせさん、ずいぶんと耳にかかることをお言いだね。あたしは清太郎を育てることを、ちっとも大変と思っちゃいないからね！　大変どころか、毎日わくわくしてるんだよ。日々、新しい何かを見出《みいだ》させてくれるからね。あの子はあたしに生きる励みを与えてくれるんだよ。腹を痛めたか痛めていないかなんて問題じゃないんだ！　要は、二人がどれだけ信頼し合っているかってことでさ……。それにさァ、清太郎の中には甚三郎が今も生きてるんだ。この頃うち、面差《おもざ》しも似てきたし、ちょいとした仕種《しぐさ》が瓜割四郎《うりわりしろう》（そっくり）でさ……。あの子を見ていると、甚三郎が現在《いま》もあたしの傍にいてくれてるってことを、改めて思い知らせてくれるんだ……。そうだ、それにもう一つ言っておかなきゃならない！　確かに、甚三郎と所帯を持ったのは半年と短かったけど、あたしと甚さんにはその前があるんでね。しかも、それは誰にも負けないほど密度の濃いものだった……。あたしにはそれでもう充分なのさ。それにさ、姿こそ見えないが、甚さんは現在《いま》もあたしのここに生きている……。誰がなんと言おうと、甚三郎とあたしは諸白髪《もろしらが》なんだよ！」

お葉は甲張《かんば》った声で鳴り立てたが、ふと神妙な顔をすると、胸に手を当て目を閉じた。

　正蔵が慌てる。

「だからよ、女将さんと旦那はそこまで強《つえ》ェ絆《きずな》で結ばれてるってことでよ……。おいせ、おめえも余計なことを言うもんじゃねえ！」

「あたしはただ……、お偉いって褒《ほ》めただけで……」

　おいせが潮垂《しおた》れる。

「それが余計なことと言ってるんだ。女将さんは褒められようと思って、母子《おやこ》ごっこをなさってるんじゃねえ……。これが、女将さんにとってはごく普通のことなんだからよ」

「…………」

「なんだえ、おいせさん、すっかりしょげかえっちまってさ。女将さんは別に怒っているわけじゃないんだからさ。ねっ、女将さん、そうですよね？」

　おはまが取りなすように言い、お葉の顔を覗き込む。

「嫌だ、おまえ、あたしが業を煮《に》やしたとでも思ったのかえ？　莫迦だね、そんなことがあるわけがないだろ？」

　バツが悪そうに、ごめんよ、とお葉がおいせに目まじする。

「そうだ！　おいせさんがね、土産《おみや》だといって鰆《さわら》を持って来てくれたんだよ。それも、こんなに大きなのを三本も！」

おはまが両手を肩の幅に広げてみせる。

「ほう、鰆か……。そいつァ、いいや！　巷じゃ初鰹と騒いでいるが、春はなんといっても鰆だからよ。てこたァ、今宵は鰆の刺身で一杯《いっぺえ》飲めるってことかよ」

正蔵が取ってつけたかのように燥いでみせる。

「ああ、おまえさんと戸田さまには刺身だろ？　店衆《たなし》には照焼《てりやき》にして食べさせたとしても、まだ余る……。じゃ、西京漬《さいきょうづけ》にでもしてみようかね」

「おう、鰆はなんといっても西京漬に限るからよ！」

正蔵とおはまが気まずくなった空気を払おうと、鰆談義で座を盛り上げる。

帰り際、おいせは甚三郎の仏壇に線香を上げてもいいかと訊ねた。

そうして、仏前で長々と手を合わせると、亭主と娘を待たせているので、と暇《いとま》を告げた。

お葉はおいせが辞してからも、仏壇でくゆる線香の煙を瞠め、忸怩《じくじ》とした想いでいた。

年甲斐《としがい》もなく、おいせの言葉についカッとしてしまったことを恥じていたのであった。

る。

おいせは大した意味もなく、生さぬ仲の子を育てるお葉を偉いと言ったのである。

常なら、ああ、そうかえ、と聞き流してしまう言葉に、なぜ、自分はあれほど突っかかったのであろうか……。

思い当たることは、ただ一つ……。

一時期、おいせが甚三郎に片惚れしていたということに拘《こだわ》ったのに違いない。

口では、おまえさんの気持はあたしにはよく解るよ、甚三郎って男気のある、男の中の男だったもんね、女ごなら、あの男に惚れたって仕方ないさ、と利《き》いたふうな口を叩いても、内心は決して穏《おだ》やかではなかったのである。

ああ、あたしはなんて度量の狭《せま》い女ごなのだろう……。

おいせが甚三郎に想いを寄せたといっても、それは清太郎が生まれる前のこと……。

当然、お葉はまだ甚三郎には出逢っていない。

なら、何ゆえ、こうまで心穏やかでないのだろう……。

考えるまでもない。

おいせは正蔵まで片惚れしたというほどに、男心をそそるぼっとり者……。

それ以外には考えられなかった。

そう思うと、ますます汗顔《かんがん》の至りである。

天骨《てんこち》もない！

お葉は自嘲《じちょう》するかのように呟《つぶや》き、ふっと片頬《かたほお》を弛めた。

まだ自分に肝精を焼く気持が残っていたことに、驚きと気恥ずかしさのようなものを感じたのである。

お葉は仏壇へと目を戻した。

線香の灯《ひ》はもう消えている。

お葉、肝精を焼いてくれて有難《ありがと》うよ……。

甚三郎がそう語りかけているように思った。


日々堂の番頭格友造《ともぞう》は、大横川《おおよこがわ》を南下し、島崎町《しまざきちょう》から久永町《ひさながちょう》二丁目に入ったところで、おやっと目を凝《こ》らした。

川沿いの並木に、見覚えのある少年の姿を捉《とら》えたのである。

角大師《つのだいし》に髷《まげ》を結《ゆ》い、木綿《もめん》の小袖《こそで》に袴《はかま》姿は、どうやら清太郎の手習指南石鍋重兵衛《いしなべじゅうべえ》の息子、敬吾《けいご》に違いない。

しばらく見ない間に、敬吾はずいぶんと背丈が伸びたように思う。

相変わらず身体は細身であるが、剣術稽古《げいこ》で鍛《きた》えたせいか、決して軟弱には見えない。

そういえば、先《せん》にはあれほど頻繁《ひんぱん》に日々堂に顔を出していたというのに、このところ、あまり見かけないような気がする。

一年ほど前から敬吾が昌平坂学問所の予備塾と評される明成塾《めいせいじゆく》に通い始めたことを知らない友造は、まさか清太郎坊ちゃんと仲違《なかたが》いでもしたのではあるまいか……、とちらとそんな想いが頭を過《よ》ぎったが、とびきりの笑顔を頬に貼《は》りつけると、傍に寄って行った。

「石鍋の敬吾さんではありやせんか！」

川に向かって足許《あしもと》の小石を蹴《け》っていた敬吾は、驚いたように振り返った。

「日々堂の……」

敬吾は友造の印半纏《しるしばんてん》に目を留め、口籠《くちご》もった。

「友造でやすよ。敬吾さん、一体《いってえ》、こんなところで何をしていなさるんで？　あっ、どなたかをお待ちで……」

敬吾は慌てて首を振った。

友造は首を傾げた。

石鍋父子《おやこ》が住んでいるのは材木町《ざいもくちょう》の裏店《うらだな》……。

材木町とこの久永町とでは、子供の脚ではかなりの距離である。

しかも、もう七ツ(午後四時)を過ぎている。

四月も半ばを過ぎ、日が長くなってきたとはいえ、日没はもうすぐそこまで迫っている。

「あっしはこれから日々堂に帰《けえ》るところでやすが、なんなら、ご一緒しやしょうか?」

友造がそう言うと、敬吾は気後《きおく》れしたように後退《あとじさ》った。

「……………」

「何かご用がおありになるんで?」

敬吾が慌てて首を振る。

友造は意外に思った。

敬吾は浪人の息子ながら、父の重兵衛がせめて息子にだけはと仕官を望み、幼い頃より厳しく躾《しつ》けていたせいか、同じ年頃の男児に比べ、言葉遣《づか》いから立ち居振る舞いに至るまで、見事といってよいほどにそつがない。

それなのに、この煮え切らない態度はどうだろう……。

「お父さまが心配《しんぺえ》なさいやすぜ」

友造がそう言うと、敬吾は苦々《にがにが》しそうに顔を歪め、父上なんて……、と呟いた。

やはり、何かあるようである。

「一体《いってえ》、どうしやした？　敬吾さんらしくありやせんぜ。何か面白《おもしろ》くねえことがおありのようでやすが、よかったら、このあっしに話してみやせんか？　こんなあっしでも、何かお役に立てるかもしれやせんので……」

「友造さんに？　けど、話すったって……」

「では、こうしやしょう。ぶらぶらと歩いて帰《けえ》りながらでも、何か話す気になれば、お話し下せえ」

友造がそう言い福永橋《ふくながばし》に向かって歩こうとすると、敬吾は後ろ髪を引かれるかのように、川向こうの石島町《いしじまちょう》へと目をやった。

「どうしやした？　何か気にかかることでも……」

「父上が……」

敬吾が言い辛そうに、口をもごもごとさせる。

「石鍋さまがどうかしやしたか？」

「父上のあとを跟《つ》けて来たのだけど、この橋のあたりで見失ってしまったのです」

敬吾が悔《くや》しそうに唇をきっと噛む。

「跟けたって……。石鍋さまを？　一体《いってえ》、それはどういうことでやすか？」

友造は訝しそうな顔をした。

父親の後を跟けるとは、どう考えても尋常《じんじょう》ではない。

敬吾は意を決したかのように、ぽつぽつと話し始めた。

「父上は此《こ》の中《じゅう》八ツ半（午後三時）になると、指南所を切り上げ、姿を消してしまわれるのです。わたしは一年前より明成塾に通うようになっていたので知らなかったのですが、三日前、父の元に通って来る子供の親から苦情を持ち込まれましてね。たまたま通りでわたしに出会《でくわ》したものだから、ここであったが百年目とばかりに、一日二日というのならまだしも、こう毎日指南所を早仕舞《はやじま》いされたのでは、なんのために子供を通わせているのか分からない、息子のおまえから父親を諌《いさ》めてほしいと、それはもう、ものすごい剣幕で……。それで初めて父上がしておられることを知ったわけなのですが、事情があるにせよ、他人《ひと》さまの子弟を預かったからには、そんな手前勝手が許されるはずもありません。それで、その夜、父上に何をされているのか質《ただ》したのですが、おまえには関係のないことだ、余計なことに首を突っ込むものではない、と一言《いちごん》のもとに片づけられました……。それだけではないのです。父上は八ツ半になるとふいと姿を消したきり、明け方近くまで戻ってみえない……。わたしは父上が戻ってみえるまで眠ってはならないと懸命に努めるのですが、いつしか眠りに就《つ》いてしまい、明け方、ハッと目覚めると、父上が朝餉《あさげ》の仕度《したく》をしておられる……。ですから、本当のところはいつお戻りになったのか判《わか》らないのですが、そんなことが毎晩となると、わたしも黙って見ているわけにはいきません。父上が何か悪いことに手を染めておられるのではなかろうかと思うと、居ても立ってもいられない気になり、それで、今日は明成塾を早引けして、路次口《ろじぐち》の陰に隠れて父上の後を跟けることにしたのです」

「ところが、福永橋あたりで見失ったということでやすね？」

「ええ、たまたま明成塾に通う仲間の親に出会しまして……。声をかけられて、あれこれとわたしが塾を早引けしたことを質されるものですから、適当に言い繕《つくろ》っていると、父上の姿がどこにも見えなくなっていました」

ううん……、と友造は腕を組んだ。

重兵衛の行動は誰が聞いても怪しげで、敬吾でなくても不審に思う。

る。

ましてや、敬吾は息子なのだから、その想いは人一倍であろう。

だが、そうなると、敬吾は毎晩一人きりで材木町の裏店で過ごしていることにな
目から鼻へ抜けるように利発な子といえども、敬吾は十二歳なのである。

それに、食い物はちゃんと食べているのだろうか……。

「それで、敬吾さんのことでやすが、お父さまが毎晩家をお空《あ》けになるのでは、飯の仕度は一体《いってえ》誰が？」

友造が訊ねると、敬吾は困《こう》じ果てたような顔をした。

「朝餉の残りがあるときには、味噌汁《みそしる》の残りにご飯を混ぜて雑炊《ぞうすい》にして食べますが、それもないときがあり……」

「えっ、まさか、晩飯抜きってことじゃねえでしょうね？」

敬吾が辛そうに頷く。

「そいつァ、いけやせんぜ！　なんといっても、敬吾さんは育ち盛りだ。晩飯も食わずに辛抱するなんて……。よいてや！　あっしに委《まか》せておくんなせえ。一緒に日々堂に参りやしょう。敬吾さんは清太郎坊ちゃんの友達《だち》なんだ、大きな顔をして、遊びに来たと言いなされぱいいんですよ。きっと、清太郎坊ちゃんは大悦《おおよろこ》びで、一緒に晩

飯を食べようとお誘いになりやすからね」

友造は我ながらよい思いつきとばかりに、ポンと手を打った。

「でも、突然ではおばさまに悪いし……」

「女将さんでやすか？　なに、案じるには及びやせん。女将さんほど大束《おおたば》な女《ひと》はいやせんからね。諸手《もろて》を挙《あ》げて歓迎して下せえやすよ」

「けど……」

敬吾がそう言うと、計ったように、くうと腹の蟲《むし》が騒いだ。

敬吾が照れ臭そうな顔をする。

そろそろ七ツ半（午後五時）が近いとあって、空腹《からはら》になったところで無理はない。

しかも、敬吾の話では、この頃うち、夕餉は食ったり食わなかったりだとか……。

もう迷うことなどない。

「ほれ、腹の蟲は正直だ！　敬吾さんが嫌だと言っても、腹の蟲は食いてェ食いてェと騒いでいるじゃありやせんか！　じゃ、早《はえ》ェとこ日々堂に帰《けえ》りやしょうぜ！」

友造は敬吾を促《うなが》すと、仙台堀《せんだいぼり》沿いを亀久橋《かめひさばし》に向かって歩いて行った。

石鍋重兵衛は戸田龍之介の友である。

やはり、ここは戸田さまの知恵と力を借りるより他に方法がないだろう。

場合によっては女将さんの力も借りることになるかもしれないが、どっちにしたって、こんな子供の心をかき乱すようなことを、大の大人が、いや、親たる者が、してよいはずがない……。

友造は一度も所帯を持ったことがないので、子を持つ親の気持は解らないが、親に見捨てられた子の想いだけはよく解る。

友造の脳裡《のうり》に、七歳のとき、幼い妹と自分を残して姿を消した父親《てておや》の顔が甦《よみがえ》る。

父親《てておや》は姿を消す前の晩、もう疲れた、とひと言呟き、友造が目を醒《さ》ますと、金に換《か》わりそうなものを片っ端から持ち出し、裏店から消えていた。

女房に死なれ、男手ひとつで二人の子を育てるのに疲れたのには違いないが、それではあまりにも身勝手すぎはしまいか……。

結句、友造と妹は別々に他人の家に引き取られ、以来、妹は生きているのか死んでいるのか、それすら判らない。

が、友造は、それでもまだ運が良かったと思っている。

十四歳の時に奉公に出された先が、日々堂甚三郎の下《もと》であったのだから……。

甚三郎も正蔵もおはまも、友造を我が子のように育《はぐく》んでくれた。

友造が今日《こんにち》あるのは彼らのお陰であり、そして現在《いま》、甚三郎亡き後は、お葉が全権を託され、店衆の一人一人を我が子のように育んでくれているのである。

だが、父親《てておや》に捨てられたと思ったときの、あの絶望感……。

現在《いま》でも、決して忘れ去ることが出来ない。

何があっても、親は子を蔑《ないがし》ろにしちゃならねえんだ……。

友造は敬吾を見下ろすと、励ますかのように大声で言った。

「敬吾さん、大丈夫《でえじようぶ》だ！　日々堂の皆がついてるからよ！」


「まあ、そうだったのかえ……」

お葉は友造から話を聞くと、清太郎や龍之介と夕餉の膳《ぜん》を囲む敬吾のほうを流し見た。

どうやら、敬吾は鰆の照焼を初めて目にしたとみえ、目を輝かせている。

「鰤《ぶり》の照焼は食べたことがありますが、鰆は初めてです。これって、魚偏《うおへん》に春と書くのですよね？　ということは、春が旬《しゆん》ってこと……。へえエ、そうなんだ！　鰤とはまた違って、優しい味がするのでしょうか」

「ほう、優しい味とは、さすがは敬吾だ。言うことが違うぜ！」

龍之介が感心したように言う。

「敬ちゃんだけじゃねえや！　俺だって、今そう思ったもん！」

清太郎も負けじと言う。

清太郎は久々に敬吾に逢い、嬉しくて堪《たま》らない様子である。

「これ、清太郎！　おっかさんは今の今まで指南所が早仕舞いとなっていたことを知らなかったんだけど、なぜ、おっかさんに言わなかったんだえ？　それに、おまえ、いつもどおりに夕方にならなきゃ帰って来なかったじゃないか……。はは ァん、さては、指南所の帰りにどこかで道草を食ってたな？　そうだろう、清太郎！」

お葉に鳴り立てられ、清太郎がぺろりと舌を出す。

「だって、金《きん》ちゃんや、章《しよう》ちゃんがちゃんばらごっこをしようって言うんだもの……。男一匹、誘われたからには嫌と言えねえじゃねえか！」

「おいおい、男一匹と来たぜ！　だが、男の子はそのくれェでなくちゃな。いいではないですか、女将さん。餓鬼《がき》の頃は友達と連《つる》んで悪さのひとつもしなくっちゃ……。子供ってもんは、犬ころのようにじゃれ合い、喧嘩《けんか》をしながら成長していくもんだからよ」

正蔵が機転を利かせて取り繕い、愛しそうに清太郎を見る。

「まっ、そういうことよ。だが、清太郎はそれでよいとして、敬吾のことは考えものよのっ。重兵衛も一体《いってえ》何を考えているのやら……」

龍之介が首を捻《ひね》る。

「石鍋さまが何をされているのかも気懸《きが》かりだけど、子供の敬吾さんを放りっぱなしというのでは、あたしは黙って見ていられないね。可哀相《かわいそう》に……。他人《ひと》に言うと恥だと思い、じっと辛抱してきたんだろうが、せめて、食べるものだけはしっかり食べなくっちゃ……。よいてや！　敬吾さんの口はこの日々堂が預かった……。ねっ、敬吾さん、明成塾の帰りに毎日ここに寄ったらいいよ！　清太郎と一緒に夕餉を食べるんだ。ねっ、そうしようじゃないか。申し訳ないとか、気が退けるなんて野暮《やぼ》は言いっこなしだよ！　うちはさ、敬吾さんの口が一つ増えたからって、どうってことはないんだからさ。ねっ、清太郎、おまえも嬉しいよね？」

「ヤッタ！　じゃ、これから毎晩、敬ちゃんと一緒にお飯《まんま》が食べられるんだね？　良かったね、敬ちゃん！」

清太郎が嬉しそうに敬吾の顔を覗き込む。

敬吾は辛そうな顔をした。

「えっ、どうかしたのかえ？　嬉しくないのかえ……」

お葉が心配そうに眉根を寄せる。

「嬉しくねえはずがねえ……。敬吾、どうした？　おまえ、素直に悦んでいいんだぞ。大方、父親から、武士は食わねど高楊枝《たかようじ》とかなんとか莫迦げたことを言われてるんだろうが、楊枝なんかじゃ腹はくちくならねえからよ！　そういうのはやせ我慢といってよ、美徳でもなんでもねえんだ……。解ったか？　解ったら、素直にそうさせてもらいますと答えるんだな」

龍之介に諭《さと》され、敬吾が深々と頭を下げる。

「有難うございます。では、お言葉に甘えて、明日からそうさせてもらいます」

「まあ、なんだろうね……。まだ十二歳だというのに、裃《かみしも》を着たような挨拶をしちゃってさ！　息子がこんなに健気《けなげ》だというのに、石鍋さまにも困ったもんだね。戸田さま、ひとつ、石鍋さまに説教してやって下さいな」

お葉が龍之介にそう言うと、敬吾が挙措を失う。

「父上を責めないで下さい！　きっと、これには何か理由《わけ》があるのです。もしかすると、父上は明成塾に払う月並銭《つきなみせん》を調達しようと、それで臨時の仕事を請《う》け合い、毎晩、裏店を空けられるのかもしれませんし……」

「明成塾の月並銭だって？　だから、俺は忠告したのよ。昌平坂の予備塾かなんだか知らねえが、ばか高ェ月並銭を払ってそんなところに行かせたところで、あの塾から昌平坂に入《へえ》れるのは年に一人出るか出ねえかで、出ねえことのほうが多いというのによ……。第一《でえいち》、昌平坂がなんだというのよ！　あんなところに行ったって、望みどおりに立身できるのはほんの一握りしかいねえというのによ。仕官も叶《かな》わぬ者が行ったところで何になる！　それが重兵衛には解っておらぬのだ」

龍之介が忌々《いまいま》しそうに毒づくと、敬吾が慌てて弁解する。

「父上は言っておいででした。仕官は叶わずとも、昌平坂で良い成績を上げれば、天文方や医者、測量方で道が開けるやもしれぬと……」

ふン、と龍之介は鼻で嗤《わら》った。

「だがよ、月並銭が払えぬからといって、子供を放って真夜中に家を空ける親がどこにいるかよ！」

「けど、そうだとして、一体《いってえ》、石鍋さまは何をやっていなさるのでしょうかね？　真夜中の仕事といえば、賭場《とば》の用心棒とか、盗人《ぬすっと》……。いやいや、滅相《めっそう》もねえ……。考えるだに空恐ろしいことを……。くわばらくわばら……」

正蔵が頭《かぶり》を振って呪文《じゆもん》を唱《とな》える。

お葉と龍之介は顔を見合わせ、ぷっと噴《ふ》き出した。

「とにかく、俺が重兵衛と腹を割って話してみるよ。敬吾、重兵衛は八ツ半頃までは裏店にいるのだな？　よし解った。早速《さっそく》、明日にでも材木町を訪ねてみよう」

龍之介がそう言ったとき、おはまとおちょうが厨《くりや》のほうから入って来た。

おちょうが手にしている盆には、飛竜頭《ひりようず》の煮物と隠元豆《いんげんまめ》の胡麻和《ごまあ》えが……。

そして、おはまの盆には鮪《の》の刺身と厚焼玉子が載っている。

刺身が三人分ということは、お葉、龍之介、正蔵の三人が刺身で、子供の清太郎と敬吾には厚焼玉子をということであろう。

「さあ、敬吾さん、しっかり上がって下さいな。すぐに蜆《しじみ》のお汁《つゆ》をお持ちしますからね」

おはまが敬吾に微笑《ほほえ》みかけ、箱膳の上に厚焼玉子と飛竜頭の煮物、隠元豆の胡麻和えを置いてやる。

「凄《すご》いね、清ちゃん！　清ちゃんちって、いつもこんなにご馳走《ちそう》なのかい？」

敬吾が信じられないといった具合に、目を瞬《しばた》く。

「うん、いつもだよ。だから、毎晩、ここで食べるといいよ」

「おや、清坊、そんなことを言っちゃって……。敬吾さん、違うんだよ。今宵はね、たまたま到来物《とうらいもの》の鰆があったもんだから、いつもより一品多いんだよ。普段はこんなに贅沢《ぜいたく》じゃないから覚悟しておくんだね」

おはまが慌てて言い繕うと、おちょうがひょっくら返す。

「おっかさんが言いたいのは、それでも味は絶品、目玉が飛び出すほど美味いってことなんだよね？」

「おちょう、これっ！　おまえって娘《こ》は……」

おはまがめっと目で制す。

すると、敬吾がぽつりと呟いた。

「うちは毎日味噌汁とご飯だけですので、わたしは何を頂いても美味《おい》しいです」

「………」

「………」

「………」

もう、誰も何も言えなかった。

短い沈黙の後、お葉が威勢のよい声を上げる。

「さあ、冷めないうちに食べようじゃないか！　敬吾さん、お飯《まんま》ならいくらでもあるんだ。遠慮しないでお代わりをするんだよ」

「よし、俺たちも食おうぜ。おっ、おはま、鰆の刺身と来たら……」

正蔵が気を兼ねたように、ちらとおはまを窺う。

「ほい来た！　一本燗《つ》けろってことだろ？　そう来ると思って、ちゃんと仕度をしてありますよ。おちょう、お銚子《ちょうし》を運んできな！」

「おっ、やっぱ、おめえは好《い》い女ごだぜ。惚れ直したぜ！」

「これだよ……。都合のよいときだけ、持ち上げるんだからさ。はいはい、解ってますよ。一本なんてみみっちいことを言わずに、二、三本燗けてこいと言うんだろ？　やれ、なんて亭主なんだろう……」

おはまは口とは裏腹に、でれりと目尻を下げて厨に戻って行った。


翌日、龍之介は丸太橋《まるたばし》の袂《たもと》で石鍋重兵衛を待った。

まだ八ツ（午後二時）を廻ったばかりである。

待ち伏せの場所に丸太橋を選んだのは、材木町から東に行くには、必ずここを通過しなければならないからである。

仮に、亀堀《かめぼり》沿いに相生橋《あいおいばし》を目指したとしても、丸太橋の袂を左に折れなければならない。

敬吾の話では八ツ半まで重兵衛が裏店にいるということだったが、八ツという時刻を選んだのは、この日に限って予定を早めることを考えてのことであった。

が、この半刻《はんとき》（一時間）の差が問題で、いかにいっても手持ち無沙汰《ぶさた》なことこのうえない。

橋の欄干《らんかん》に凭《もた》れかかるようにして道行く人々を眺めているのだが、五尺八寸（百七十四センチ）はあろうかと思える大柄な男が暇《ひま》を託《かこ》つさまは、あまり見てくれのよいものではない。

子供たちの手習の邪魔をしては悪いと思い裏店に出向くのを憚《はばか》ったのだが、やはり直接裏店を訪ねたほうがよかったか、と悔やんでみても、もう遅い。

やはり、ここまで粘ったからには腹を据《す》え、重兵衛が現れるまで待つより仕方がないだろう。

が、龍之介が半ば諦《あきら》めたかのように太息《ふといき》を吐いた、そのときである。

石鍋重兵衛が前屈《まえかが》みの姿勢で、丸太橋に向かって歩いて来るのが目に留まった。

龍之介は足早に傍まで寄って行くと、重兵衛の前に立ちはだかった。

「重兵衛！」

重兵衛は意表を突かれたように立ち竦んだ。

「戸田……。どうしてここに……」

「おぬしを待っていたのよ」

「俺を？」

「一体どこに行こうとしておる」

「どこって……。おぬしには関係のないことだ」

「確かに、俺には関係がないかもしれない。だが、敬吾はどうかな？　それに、指南所に通って来る子供たちにも関係がないと言えるか？」

「おぬし、一体何を言おうとしているのだ！」

「重兵衛、よく聞きな。俺はおぬしに差出《さしで》する気はさらさらない……。だが、何をするにしても、区切《けじめ》というものがあってよ。指南所を早仕舞いするならするで、子供たちにその理由をきちんと説明しなくてはならないし、敬吾にも深夜まで家を空けることへの断りを入れるべきだと思うが、違うか？」

「…………」

「敬吾は気丈で聡明《そうめい》な子といえども、十二歳だぞ！　独りっきりにしてよいはずがない。それに、おぬし、敬吾の晩飯のことなど念頭になかったのであろう？　可哀相に……。あいつ、朝餉の残りで飢《う》えを凌《しの》ぎ、それすらない日は空腹《からはら》のまま眠りについていたのだぞ！」

「どうして、それを……」

「敬吾はよ、指南所に通う子供の親から苦情を持ち込まれたそうだ。此の中、おぬしが毎日のように八ツ半には子供を追い返すと……。それで、敬吾には合点《がてん》がいったのよ。おぬしが毎晩家を空け、明け方近くまで戻って来ないのは、そのことと関係があるのではなかろうか……とよ。おっ、ここで立ち話というのも人目に立つ。茶店にでも入《へえ》らねえか？」

龍之介が四囲《しい》を窺い、重兵衛を促す。

「いや、俺は先を急ぐのでよ」

「だから、何を急いでいるのかと訊《き》いているのよ！」

「…………」

「言えねえというんだな？　いいか、敬吾や俺たちが心配しているのも、そのことでよ。敬吾など、父上は明成塾の月並銭を稼《かせ》ぐために、夜分、無理して働いているのではなかろうかと、そう案じていたぞ。だがよ、もしそうであるのなら、ましてや心配だ！　夜分の仕事なんて、誰が考えても真っ当な仕事ではないからよ……。おぬしがそんなことをしているのを黙って見ているわけにはいかないではないか。金が要るのであれば、何ゆえ、俺や日々堂の女将に相談しないのだ！　日々堂は口入屋《くちいれや》だぜ？　一攫千金《いっかくせんきん》といった金は望めないだろうが、それなりに真っ当な仕事を世話してくれるであろうし、俺に言わせれば、そんな無理をしてまで敬吾を明成塾に通わせることはないのだ！　もう一度、頭を冷やして考え直してみる必要があるのではないか？」

龍之介が一歩前に詰め寄り、重兵衛を食い入《い》るように見る。

「戸田、違うんだ……」

重兵衛が辛そうに顔を顰《しか》める。

「違う？　何が違うんだ……」

「明成塾の月並銭を稼ぎたいわけじゃないんだ。そんなもの……。敬吾に持たせる金は、とうの昔に遣ってしまった」

「えっ……」

驚きのあまり、今度は龍之介のほうが言葉を失った。

「早晩《そうばん》、敬吾は塾を辞めさせなければならないだろう。いや、辞めさせられるのだ。何しろ、先月の月並銭も払っていないのだからよ」

あっと、龍之介は色を失った。

「おぬし、まさか、手慰《てなぐさ》みに嵌《はま》っているのではなかろうな……」

「手慰み？　まさか……」

「では、何ゆえ金が要る？　何ゆえ、毎晩家を空けなければならないのだ……」

「………」

重兵衛が視線を足許に落とし、何か考えている。

「どうやら、深刻な事情がありそうだが、そうなるとなおさら、俺としては放っておけぬ。なっ、重兵衛、話してくれないか？」

「………」

「また、だんまりかよ！　だが、こうなったからには、俺は意地でも後に退かないからよ！」

龍之介の剣幕に、重兵衛は腹を括《くく》ったかのように顔を上げた。

「解った……。では、黙って俺について来てくれないか」

重兵衛はそう言うと、丸太橋を渡り富久町《とみひさ》のほうに歩いて行った。

その後を、龍之介がついて歩く。

どうやら、海辺橋を渡るようである。

ということは、やはり仙台堀沿いに東に歩いて行き、敬吾が重兵衛を見失ったという福永橋付近まで行くのであろうか……。

が、吉永町《よしながちょう》まで歩いたときである。

重兵衛は川沿いに並んだ屋台店の前で脚を止めると、小ぶりの稲荷寿司《いなりずし》を数個買い求めた。

誰かの土産《みやげ》にするつもりなのだろうか……。

なんでェ、他人《ひと》さまの土産には頭が廻っても、てめえの息子の腹は心配《しんぺえ》しねえのかよ！

おそらく、今宵も日々堂で夕餉を摂《と》るであろう敬吾……。

思わず、龍之介は背後から重兵衛を蹴飛《けと》ばしてやりたい衝動に駆られた。

重兵衛が再び歩き出す。

案の定、福永橋を渡るようである。

福永橋の先は、石島町……。

その先には一橋殿《ひとつばしどの》の別邸と、見渡す限り十万坪《じゅうまんつぼ》と呼ばれる田畑が広がっている。

すると橋を渡り、北へと上がって行くのであろうか……。

そう思っていると、重兵衛は石島町と十万坪との境《さかい》にある、百姓家の納屋《なや》の前で立ち止まった。

　重兵衛が振り返る。

「ここで待っていてくれないか」

　そう言うと、納屋の扉《とびら》を押し開け、中に入って行った。

「遅くなって済まなかったね」

「重兵衛さま……」

「よいよい、寝ていなさい。具合はどうだ？　おっ、今日はずいぶんと顔色が良いではないか……」

　扉が開け放たれているので、中の声が筒抜けである。

「お陰さまで、今日は幾分楽なのですよ。あらっ、どなたかお見えなのですか？」

「ああ、途中で友人に出会したのだ……。何やら、わたしに用があるとかで、今日は好江《よしえ》どのの傍にあまり永くいてやれぬのだが、飯の仕度だけはしておこうと思ってな」

「まあ……。外でお待ちになっているのですか？　それはいけませんわ。こんなむさ苦しいところで申し訳ないのですが、どうぞ中にお連れ下さいませ」

「ああ、それもそうだな」

ろう」

重兵衛が扉の中から顔を出す。

「戸田、中に入れよ。茶の一杯も出せぬが、そんなところに立っているよりはいいだろう」

龍之介には何がどうなっているのか見当もつかない。

龍之介は戸惑《とまど》いの色も露《あら》わに、物怖《ものお》じしたように納屋の中に入って行った。

六畳ほどの土間の奥に四畳半ほどの板間があり、そこに煎餅蒲団《せんべいぶとん》が敷《し》かれ、四十路絡《がら》みの女ごが横たわっていた。

女ごは龍之介の姿を認めると、慌てて起き上がった。

重兵衛が板間に駆け上がり、女ごの肩に猿子《さるこ》（袖なし羽織《ばおり》）を着せかける。

「戸田、こちらは好江どのだ。亡くなった家内の姉でな」

「あっ、これは失礼した……。石鍋の友人、戸田龍之介にございます」

龍之介は慌てて威儀を正すと、深々と頭を下げた。

「好江にございます。このような見苦しい姿をお見せして申し訳ございません。どうか、お楽になさって下さいませと言いたいところですが、ごらんの通り、お恥ずかしい侘《わ》び住まいにございます。せめて、円座《えんざ》でもお使い下さいませ」

好江はそう言うと、重兵衛に目まじした。

どうやら円座は一枚しかないようだが、それを龍之介に勧めろということらしい。

「戸田、悪いがそこに坐って待っていてくれないか。すぐに好江どのに飯の仕度をするのでな」

重兵衛が土間に七輪《しちりん》を持ち出し、火を熾《おこ》す。

どうやら、元は納屋として使われていたこの小屋には、厨というものがないようである。

土間の隅《すみ》に水甕《みずがめ》があるところをみると、七輪の火で煮炊《にた》きをしているらしい。

土間に藁《わら》が堆《うずたか》く積まれてあり、茣蓙《ござ》の上には編《あ》みかけの縄《なわ》……。

まさか、重兵衛が手内職を？

龍之介には信じられない想いであった。

重兵衛が慣れた手つきで水甕の水を鉄瓶《てつびん》に移し、七輪にかける。

「好江どの、今日は戸田に付き合わねばならないので、晩飯の仕度が出来ない。それで、ここに来る途中、稲荷寿司を買ってきたのだが、少し多めに買っておいたので、これで明日わたしが来るまでは保《も》つと思う。済まないが、今日はこれで勘弁してくれないか？」

重兵衛が折《へ》ぎ折《おり》を開き、稲荷寿司を好江に見せる。

そういうことだったのか……。

龍之介の胸がカッと熱くなった。

「ご用がおありのようでしたら、わたくしのことなど構わずに、行って下されば宜《よろ》しかったのに……」

好江が気を兼ねたように言う。

蠟《ろう》のように透《す》き通った白い肌に、薄い肩……。触れれば、はらはらと毀《こわ》れてしまいそうなほど儚《はかな》げだが、落ち窪《くぼ》んだ瞳の奥には芯《しん》の強さがちらと窺えた。

この女《ひと》が、重兵衛の妻女の姉とは……。

これまで、重兵衛の口から亡くなった妻女の話は聞かされていなかったので、龍之介には戸惑うことばかりである。

「どれ、湯が沸《わ》いたようだのっ。戸田、お茶っ葉がないので白湯《さゆ》しか出せぬが、おぬしも一杯どうだ」

「ああ、貰おうか」

重兵衛が湯呑《ゆのみ》に白湯を注《つ》ぎ、龍之介と好江に手渡す。

その後、重兵衛は板間の隅に置かれた御丸《おまる》の始末をすると、再び好江の傍に寄って行き、明日訪ねて来るまで一人で堪えられるかと訊ね、愛しそうに好江を瞠めた。

「わたくしのことは気になさいますな……。重兵衛さま、本当にご無理をしないで下さいませね」

好江と重兵衛は、まるで目で語り合うかのように瞠め合った。

そうして好江を横にならせると、重兵衛は振り返った。

「では、参ろうか」

「参るとは……」

「おぬし、聞きたいことがあるのであろう？　ならば、どこか場所を替えて、おぬしが納得するまで語ろうぞ」

ああ……、と龍之介も頷く。

どうやら、重兵衛は龍之介に好江という女ごを逢わせたうえで、何ゆえ毎日通っていたかを話したかったようである。

二人は好江に暇《いとま》を告げると、納屋の外に出た。

刻《とき》は七ツ半になるのであろうか……。

西の空が、血の色を想わせるほどに紅《あか》く染まっている。

二人は再び福永橋を渡り、堀沿いの道を西陽に向かって歩いて行った。

「戸田、蕎麦屋《そばや》で一杯引っかけるくらいの金を持っているか?」

重兵衛が歩きながら訊ねる。

「ああ、そのくらいは持ってるさ」

「馳走《ごち》になっていいか? 俺は稲荷寿司を買ったら文《もん》なしだ……」

「ああ、委せとけ! お安いご用だ。おっ、そうよ! 東仲町《ひがしなかちょう》に美味い蕎麦屋があるんだ。そこに行こうぜ」

龍之介が先に立ち、堀沿いの安曇野《あづみの》という蕎麦屋に入って行く。

安曇野はちょうど夕食時とあって満員だった。

「なに、少し待っていれば空《す》くだろう。いっその腐《くさ》れ、小上がりが空《あ》くまで待とうじゃねえか。おぬし、後が支《つか》えているわけではなかろう?」

龍之介が重兵衛を窺う。

「ああ、そうしよう。今さら別の見世《みせ》を探すのも億劫《おっくう》だしな」

そうして、四半刻《しはんとき》(三十分)近く待ったであろうか。

ようやく小上がり席が空き、二人はどうにかこうにか席にありつくことが出来たのだった。

小女が注文を取りに来る。

「板わさに出汁巻《だしまき》玉子、それに銚子二本……」

そこまで言って、あっと龍之介は重兵衛を窺った。

「おぬし、酒は止《や》めてたんだったよな？　だが、一杯くらいならいいだろう？」

重兵衛がつと眉根を寄せる。

「俺の場合は、その一杯くらいというのが仇《あだ》となってよ……。が、今宵はおぬしが一緒だ。前後をなくすということはないだろうから、では口を湿《しめ》らせる程度で……」

「じゃ、銚子を二本だ。それと、盛りを二枚ずつ。それとも掛けにするか？」

「いや、俺も盛りでよい」

「あァい、お銚子二本、板わさ一人前、出汁巻玉子一人前、盛り四枚だね。毎度！」

小女が甲高《かんだか》い声で注文を反復する。

「おっ、ねえさん、隣《となり》の客が食ってる、あれはなんだ？」

龍之介が伸び上がるようにして、土間の樽席《たるせき》を覗き込む。

「葉山葵《はわさび》のお浸《ひた》しだよ。ピリッとしていて美味いよ！　なんせ、旬のものだからね」

「では、そいつを二人前貰おうか」

「あァい！　お銚子二本、板わさ一人前、出汁巻玉子一人前、葉山葵のお浸し二人前、盛り四人前、毎度！」

ご丁寧《ていねい》に、小女は再び注文を反復した。

小女が去って行くと、龍之介は改まったように重兵衛を見た。

「では、聞こう。おぬしは先ほどの女ごを亡くなった妻女の姉と言ったが、見たところ、かなり病が重篤《じゅうとく》のようだが、では、此の中、指南所を早仕舞いして毎日あの女ごのところに通っていたというのだな?」

「ああ、通っていた。病の好江どのを放っておけないのでな」

「好江どのに家族はいないのか?」

重兵衛は辛そうに眉根を寄せたが、驚いたことに二重瞼《ふたえまぶた》の大きな目に涙を湛《たた》え、声を上げず忍ぶように、はらはらと涙を零《こぼ》し始めたのである。

「おぬしには何もかもすべて話そう。何を隠そう、俺は若かりし頃、好江どのに惚れておってな……。好江どのと家内の瑞江《みずえ》は丸岡《まるおか》という元仙台《せんだい》藩士の家に生まれたのだが、何があったのか丸岡どのが浪々の身となり、当時本所石原町《ほんじょいしわらちょう》に住んでいた俺の裏店に越してきたのが、好江どのが十五歳で、瑞江が十三歳のときだった。二人はそれは仲の良い姉妹でな。裏店暮らしを始めて間なしに病の床に臥《ふ》した父親を支え、針仕事や琴《こと》の出稽古などをして立行《たちいき》していたのだが、何しろ、武家暮らしからいきなり奈落の底に落とされたばかりとあって傍目《はため》にも心許《こころもと》なく、俺もあの家族には何かと気を配るようになっていたのよ。というか、姉の好江どののことが寝ても覚めても頭から離れなくなっていたといったほうがいいかもしれない……。ところが、人とは不思議なものよのっ。面と向かって想いを打ち明けるどころか、気持とは裏腹の行動を取ってしまうのだからな……。好江どのの前に出ると緊張のあまり口重《くちおも》になる俺が、その反動というのか、瑞江の前では思ったことがなんでも口に出来るのよ。ところが、それが誤解を生んでしまったようで、瑞江が俺に想いを寄せるようになってな……」

重兵衛はそこまで言うと、手酌《てじゃく》で酒を注ぎ、ぐいと呷《あお》った。

「病の丸岡どのにも瑞江の気持が解ったようでのっ。ある日、病床まで俺を呼ぶと、瑞江を嫁に貰ってやってくれないか、と頭を下げられたのよ……。俺は思わず好江どのの顔を見た。天骨もない！　俺が惚れているのは瑞江ではない、あなたなのだというう気持でな……。ところが、好江どのは俺の気持など微塵芥子《みじんけし》ほども気づかず、父に倣《なら》えとばかりに、そうしてやって下さいませ、と頭を下げるではないか……。俺には言葉もなかった……。それで、その日は親とも相談しなくてはならないゆえ、改めて返事をいたしますと言って帰ったのだが、俺としては、どうしても好江どのに自分の気持を打ち明けずにはいられなくてよ……。俺の親は丸岡家との縁組に諸手《もろて》を挙げて賛同したのだが、そうなるとなおさら、実は、俺が惚れているのは姉のほうなのだとは言い出せなくなってよ。昔気質《むかしかたぎ》で曲ったことを極端に嫌う父に、そんなことを言おうものなら、丸岡家に恥をかかせるものではない、瑞江どのに思わせぶりな態度を取ったそなたが悪い、と一喝《いっかつ》されることは目に見えていた……。ところが、翌日、井戸端で洗い物をする好江どのの姿を見かけてよ。俺は後先も考えずに傍に寄って行ったのよ……」

重兵衛が唇を嚙む。

「で、どうした？　打ち明けたのか」

いやっと、重兵衛は首を振った。

「打ち明けようとしたさ。ところが、好江どのは真剣な俺の顔を見て、俺が何を言おうとしているのか察したのだろうよ。先手を打つかのように、瑞江がどんなに好い娘かと嚙んで含めるように説得し、自分は妹があなたさまと所帯を持つことをどれだけ悦んでいるか……、と続けたのよ。そのとき、俺は気づいた。好江どのは俺の気持に気づいているのだなと……。気づいていて、何も言うなとばかりに先手を打ったあの女《ひと》の態度……。その夜、俺は女々《めめ》しくも蒲団を頭から被《かぶ》って噎《むせ》び泣いた……」

重兵衛が空《から》になった盃《さかずき》を口に運ぼうとする。

龍之介は自分の銚子から重兵衛に酌をしてやると、

「では、諦めざるをえなかったというんだな？」

と上目遣《うわめづか》いに重兵衛を見た。

「ああ……。というのも、それから二日ほどして、好江どのの姿が裏店から消えたのよ。どこに行ったのかと丸岡どのや瑞江に訊ねても、奉公先が見つかったと言って裏店を出たが、どこに行ったかは知らないと……。いや、丸岡どのや瑞江が口裏を合わせていたわけではないのだ。どうやら本当に知らないようでよ。丸岡どのは気落ちされたのか、一廻《ひとまわ》り（一週間）後、蠟燭《ろうそく》の灯が消えるかのように息を引き取られた……。結句、瑞江は独りっきりとなったわけで、俺は亡き丸岡どのを安堵させるためにも、瑞江と祝言《しゅうげん》を挙げた……。決して、瑞江に惚れていなかったわけじゃないのだ。瑞江は何事にも気のつく好い女ごでよ。父にもよく尽くしてくれた……。父を看取《みと》った後、敬吾が生まれ、それからしばらくして瑞江が流行風邪《はやりかぜ》で呆気《あっけ》なくこの世を去ってしまってよ。現在《いま》でも、俺は瑞江を娶《めと》ったことに悔いはない……。だが、瑞江には悪いのだが、切なくなるほど恋しいのとはまた違ってよ。好江どのが俺たちの前から姿を消してからも、ずっと胸の片隅にあの女《ひと》がいたのも事実なのよ」

「では、その後も好江どのの行方は判らなかったというのだな？　それがどうして
……」

龍之介がそう言ったときである。

小女が小上がりまでやって来た。

「お酒を燗けます？　それとも、蕎麦をお持ちしましょうか」

龍之介は重兵衛を見た。

一度《ひとたび》振りがついたら止め処《ど》がなくなるという重兵衛だが、見たところ、まださほど
酔いが回っているようにも思えない。

「どうだ、もう一本ずつ貰うか？　それで、盛りを食うとしようぜ」

「ああ、済まないな」

「ねえさん、銚子を二本な！　それで、頃合いを見て、盛りを持ってきてくんな」

「あァい。銚子二本追加に、盛り四枚だね。毎度！」

小女が下駄《げた》を鳴らして板場のほうに戻って行く。

「で、どうなのよ！」

龍之介が早く話せと促す。

「一月《ひとつき》前、土橋の中籬《ちゅうまがき》で好江どのの姿を見掛けてよ。いや、誤解をしてもらっては困る。俺は決してびりを釣り（女郎を買う）に行ったわけでも、そそり込み（冷やかし）をしていたわけでもないのだからよ。あの辺りから通って来る子供が此の中姿を見せないものだから、病に臥しているのではなかろうかと訪ねた帰りだったのよ。常なら、あんな場所を歩くときに籬の中を覗き込むようなことはしないのだが、その日、何気なく目をやると、籬の最後尾に、坐っているのも辛そうな女ごが目に留まってよ。俺はまるで雷に打たれたかのように立ち竦んでしまったのよ……。すっかり窶《やつ》れて面変《おもが》わりしているが、紛《まぎ》れもなく好江どのではないか……。何ゆえ、好江どのがこんなところに……。そう思うと、居ても立ってもいられなくなり、俺はすぐさま好江どのを揚《あ》げた。いや、誤解してもらっては困るのだ。決して、好江どのをどうこうしようと思ったわけではないからよ！　そうでもしないと、あの女《ひと》と話すことが出来ないのだから仕方がないではないか……。好江どのは俺の顔を見て、気を失いかねないほどに驚かれた。逃げ出そうとさえされた。だが、俺はそんなつもりではない、あなたの顔を見て、あまりの懐《なつ》かしさにゆっくりと話したいと思っただけなのだと諄々《じゅんじゅん》と諭したのよ。すると、やっと納得したのか、好江どのも俺の話に耳を傾けてくれてよ……。俺は丸岡どのが亡くなられたことや、その後瑞江と所帯を持ったこと、敬吾が生まれたことなどを話した。瑞江が亡くなったと聞いたときには、好江どのも色を失ってよ……。妹のためにと身を退いただけに、さすがに衝撃が大きかったのだろうと思う……」

重兵衛がふうと太息を吐く。

そこに、銚子が運ばれて来た。

「まっ、飲めや！」

龍之介が重兵衛に酌をしてやる。

ここにもまた、複雑な人間関係があり、良かれと思い身を退いた者がいたとは……。

そう思うと、龍之介はやるせない気持に陥《おちい》った。

だが、好江は重兵衛の前から姿を消し、その後どういう身の有りつきをして、流れの里に身を落としたのであろう。

「現在《いま》、戸田が考えていることは、俺には手に取るように解る。だが、俺には恐ろしくて、とても好江どのに聞くことは出来なかった……。聞きたくなかったのかもしれない。それより、一刻も早く、あの場所から好江どのを救い出すのが先決のように思えてよ。というのも、間近に見て初めて、好江どのが胸を病《や》んでいることを知ってよ……。早速、俺は御亭《ごてい》に掛け合った。好江どのを身請《みうけ》するとして、身の代《しろ》は幾らなのだろうかと……。すると、御亭が嗤うのよ。あんな労咳《ろうがい》持ちの女ごなんて、即刻お払い箱にしたいのだが、ここを出ても行き場がないと言うものだから、お情けで置いてやっているのだ、欲しければ、とっとと持っていけ、とこう言うではないか！　御亭の言い種《ぐさ》には怒り心頭《しんとう》に発したが、身の代を払わなくてよいというのであるから、願ってもないこと……。後で消炭《けしずみ》から聞いた話では、遊女の年季は十年で、好江どのの場合、あと数日で年季明けってことだったらしい……。まっ、これは消炭のいい加減な話かもしれぬからどうでもよい。それからというもの、好江どのを引き取って世話をする場所を懸命に探してな。やっと見つけたのが、あの納屋でよ……。なんでも、百姓家の姑が胸を患《わずら》い、家族と切り離すために納屋を改装したらしいのだが、その姑も数年前に亡くなり、現在《いま》は使っていないとかで安く貸してくれることになったのだが、そのとき思ったのよ……。もしかすると、好江どのに引き合わせてくれたのも、俺が好江どのを引き取り世話をすることになったのも、瑞江が計ってくれたことではなかろうかと……。瑞江にも、俺が好江どのに惚れていたことが解っていたのよ、おそらく、好江どのが瑞江のために身を退いてくれたことも な……。だから、せめて好江どのの最期《さいご》をこの俺に看取らせようと、そう計ってくれたように思えてならなくてよ。とまあ、そんな理由《わけ》で、子供たちや敬吾には済まないと思いながらも、あれからこうして毎日、好江どのの元に通っていたのよ」

再び重兵衛の目から、はらはらと涙が零れた。

龍之介が慌てる。

「解った、おぬしの気持はよく解ったよ。おう、泣きたいだけ泣くがよい。へっ、いけねえや……。なんだか、俺までが泣きたくなっちまったじゃねえか……」

龍之介が洟《はな》を啜《すす》り上げる。

男と女ごとは、どうしてこうも切なく、哀しいものなのであろうか……。

龍之介の脳裡に、つと琴乃の顔が……。

そして、哲之助が……。

小女が重ねた蒸籠《せいろ》を手に、カタカタと下駄音も高く寄って来る。

「お待ち！　まだ蕎麦は早かったかね？　あれっ、どうしちまったんだえ？　男が二人して涙ぐんだりしてさ……」

小女が目をまじくじさせる。

「いや、いいんだ。蕎麦を置いて、さっさと帰《けえ》ってくれ！」

龍之介が照れ臭そうに、しっしと小女を追い立てる。

「さあ、蕎麦を食おうぜ」

龍之介はそう言うと、蕎麦猪口《ちょこ》に蕎麦の端《はし》をちょいと浸《つ》け、ズズッと啜り込んだ。

重兵衛もそれに倣う。

それからは、互いにズズッと音を立て、競《きそ》い合うようにして夢中で蕎麦を食った。


「戸田よォ……」

仙台堀沿いを歩きながら、重兵衛がしみじみとした口調で呟く。

「あの百姓家の裏庭に、山吹《やまぶき》の花が咲いていたのを憶《おぼ》えているか」

「山吹？」

はて……、と龍之介が首を捻る。

「ほれ、百姓家と納屋を仕切るように、横一列に黄色い花をつけていたではないか……」

そう言われれば、そんな気がしなくもない。

「そうだったっけ……。で、山吹がどうしたって？」

龍之介が重兵衛の顔を横目にちらと見る。

「好江どのを引き取るために、あちこちと裏店を探し歩いていたときだった……。どの裏店でも、病の女ご一人と聞いただけで、疫病神《やくびょうがみ》にでも出逢ったかのような顔をされ、取りつく島もない有様《ありさま》でよ。かといって、材木町に連れ帰るわけにもいかない……。あそこには子供たちが通って来るし、敬吾もいることだしな。そんなこんなで、いい加減くたびれ果てていたときだったが、目の前に黄色い塊《かたまり》が見えてよ……。なぜかしら、吸い寄せられるかのように百姓家の裏庭に脚を踏み入れたのよ。山吹だと気づいたのもそのときで、ふと、七重八重《ななえやえ》　花は咲けども　山吹の　みのひとつだに　なきぞあやしき……、という後拾遺和歌集《ごしゅういわかしゅう》の中の和歌が頭の中を過《よ》ぎってよ。この歌には、太田道灌《おおたどうかん》が山道の一軒家に蓑《みの》を乞《こ》うたとき、その家に住む女ごがその歌にかけて、貸したくても我が家には蓑ひとつないという意味を込めて八重山吹の枝を差し出したという逸話があるのだが、同時に、花咲きて　実はならずとも　長き日《け》に　思ほゆるかも　山吹の花……、という万葉集の歌も思い出してよ。なんだか、好江どのに想いを寄せる俺のことを詠んだかのように思えて、涙が止まらなかったのよ。さァて、どのくらいそこに佇《たたず》んでいただろうか……。百姓家の女房に声をかけられて、それでハッと我に返った始末でよ。で、断られるのを覚悟で訊ねてみたのよ。どこかこの辺りに、病人に住まいを提供してくれる者はいないだろうかと……。すると、いともあっさり、うちの納屋なら貸してやってもよいというではないか……。俺は信じられない思いで、もう一度訊ねたのよ。病といっても、労咳病みなのだが、それでも構わないのかと……。すると、あの納屋は胸を病んだ姑のために改装したものだから構わないというではないか……。山吹があの納屋に俺を呼び寄せてくれたんだよ。山吹は、別名、面影草《おもかげぐさ》ともいうからな。俺の心の中からいつまでも好江どのの面影が消えようとしなかったことから考えても、山吹は俺と好江どのの花……。ここが、あの女《ひと》の終《つい》の棲家《すみか》なのだと、そう思ってよ」

龍之介は驚いたように重兵衛を見た。

一見、武骨にみえる重兵衛の中に、このような心憎いほどの情緒が潜《ひそ》んでいたとは……。

龍之介は重兵衛に触発されたかのように、そういえば……、と頭の中に短歌を思い起こした。

春雨《はるさめ》の　露《つゆ》のやどりを　吹く風に
　こぼれてにほふ　山吹の花

金槐和歌集《きんかいわかしゆう》　源《みなもとの》実朝《さねとも》

龍之介は口の中で呟いてみた。

山吹には一重《ひとえ》と八重があり、一重は花の後に実となるが、八重は花ごと落ちてしまい実にならない。

そうしてみると、七重八重と詠まれたのは八重山吹なのであろうが、はて、あの百姓家の山吹はどちらなのだろう。

「おっ、重兵衛。納屋の前に植わっていた山吹は八重なのか？　それとも一重……」

龍之介がそう言うと、重兵衛は啞然《あぜん》とした顔をした。

「八重に決まってるじゃないか！　それでなければ、俺があの花に好江どの面影を託すわけがないだろうに……」

「そうけェ、そうけェ、俺《おり》ャ、おめえさんのように情緒深くねえもんだからよ！」

龍之介はそう言うと、重兵衛と顔を見合わせた。

そして、どちらからともなく、くすりと肩を揺らす。

気づくと、海辺橋まで戻っていた。

重兵衛を連れて日々堂まで戻ると、どうやら敬吾が龍之介の帰宅を待ち構えていたとみえ、気配を聞きつけ、店先まで飛び出して来た。

「父上！」

「おう、敬吾か……。おまえ、昨日からこちらで夕餉の厄介《やっかい》になっているそうだな」

「はい。申し訳ございません。浪人の子といえども武士の端くれ……。滅多《めった》なことで、他人《ひと》さまのご慈悲《じひ》に縋《すが》ってはならないと知っておりましたが、おばさまや清太郎の厚意についつい甘えてしまいました。お許し下さいませ」

敬吾は叱咤《しった》されるのを覚悟してか、つと項垂《うなだ》れた。

「なに、悪いのはこの父だ。済まなかったな……。それで、女将や宰領《さいりよう》に詫《わ》びを入れ、感謝の気持を伝えようと思い、やって来たのだ」

そこに、お葉と正蔵が出て来る。

「さあさ、石鍋さま、お上がり下さいな」

「女将、愚息《ぐそく》が世話をかけたようで、まことに面目次第《めんぼくしだい》もございませぬ……」

「いいってことさ！　さっ、話は上がってからだ。お上がりよ」

「そうでェ、うちと石鍋さまの仲じゃねえか。堅苦しい話は抜き抜き！」

重兵衛はお葉と正蔵に追い立てられるようにして、茶の間に入って行った。

「戸田さま、ご苦労だったね。二人とも、夕餉がまだなんじゃないかえ？」

お葉が龍之介に訊ねる。

「いや、蕎麦屋で一杯引っかけて話を聞いたんで、食ったといえば食ったのだが……」

「蕎麦屋で？　けど、それじゃ、まだ腹中満々《ふくちゅうまんまん》ってわけじゃないんだろう？　おはまがね、戸田さまがお腹を空かせて戻って来るのじゃなかろうかと、夜食の仕度をして待ってたんだよ」

「そうですよ！　といっても、大した馳走があるわけでもなく、豆ご飯と穴子《あなご》の山椒《さんしょう》煮《に》に、芹《せり》と切干大根《きりぼしだいこん》の胡麻和えなんですけどね……。けど、蕎麦よりは腹持ちするかと思うんで、石鍋さまもご一緒にいかがです？」

おはまが割って入る。

「ほう、豆ご飯か……。そいつァ美味そうだ。重兵衛、俺たちも頂こうじゃねえか！」

龍之介に同意を求められ、重兵衛が慌てて頷く。

「では、お言葉に甘えて……」

「ほい来た！　じゃ、早速、仕度をしてこなくっちゃ……」

おはまがポンと胸を叩き、厨へと戻って行く。

お葉は茶を淹《い》れながら、上目に龍之介を窺った。

「で、どうでした？」

「ああ、そのことだがよ。石鍋が明成塾の月並銭を稼ぐために良からぬことに手を染めているのではなかろうかと推測した、俺たちの読みは見事に外《はず》れてよ……。重兵衛、ここからはおぬしが話せ」

龍之介に促され、重兵衛が慌てて居住まいを正す。

「敬吾、おまえにどこまで本当のことを話してよいのか躊躇《ためら》ったのだが、伯母上《おばうえ》のことでもあるし、十二歳というおまえの歳《とし》から考えても、やはり、本当のことを話しておいたほうがよいと思ってな……」

「伯母上……。えっ、わたしに伯母上がいるのですか？」

敬吾は初耳だったとみえ、目をまじくじさせた。

「ああ、亡くなった母上の姉ごだ……」

重兵衛はそう前置きすると、好江が病でもうあまり永くはないのだ、と龍之介に打ち明けた話を掻《か》い摘《つま》んで話した。

重兵衛が好江に想いを寄せていたことや、好江が土橋の女郎屋にいたことを話さなかったのは、十二歳の子供にそこまで真実を知らせることはないと判断したからであろう。

ましてや、敬吾の隣には清太郎が坐っているのである。

「それでだ、敬吾……。済まない。おまえに持たせようと思い用意していた月並銭だが、好江どののために手をつけてしまった……。薬料だけでなく、少しでも滋養のある食べ物を食べさせたくてな。だが、言っておくが、おまえのことを思わなかったわけではない。二月《ふたつき》も月並銭が遅れれば、塾に居辛《いづら》くなると解っていたが、好江どのにはもう先がない……。おまえの母が生きていれば、おそらく、そうしてやってくれと頼んだであろうことをしてやりたくてな……」

重兵衛が敬吾に頭を下げる。

「父上、頭をお上げ下され。いいのです。実は、今日、帰り際《ぎわ》、塾長に呼ばれまして……。石鍋、無理をしてはならぬ、分々《ぶんぶん》に風が吹くという言葉を知っているか？　おまえにはおまえの生き方というものがあるのだから、もう一度、足許をよく見てみるのだな、と言われました。暗に、退塾を仄《ほの》めかせているのだとすぐに解りましたゆえ、わたしにも覚悟が出来ていました。明成塾に通わずとも、学問はどこにいたって出来ます。要は、自分次第だと……。むしろ、これまで、わたしを塾に行かせるために無理をして下さった父上に感謝します。有難うございました」

敬吾が重兵衛の目を真っ直《す》ぐに瞠め、きっぱりとした口調で言う。

「敬吾……。おまえという奴は……」

重兵衛がくくっと肩を顫《ふる》わせる。

「それに、わたしは嬉しいのです。伯母上のために、そこまで親身になって尽くされる父上を誇りに思います。一度もお逢いしたことはありませんが、これからはわたしも伯母上にお尽くししとうございます。父上、何ゆえ、伯母上を百姓家の納屋に置かれるのですか？　材木町にお連れ下されば、四六時中、看病できますのに……」

敬吾の言葉に、おそらく、その場にいた大人は全員挙措を失ったであろう。

「敬吾、それは叶わぬのだ。伯母上は胸の病なのでな。狭い裏店にお連れすることなどとうてい叶わぬし、それに、手習に通って来る子供たちがいては、伯母上がおちおち養生《ようじょう》できないであろう？」

龍之介が慌てて言い繕う。

「では、わたしが石島町まで通いましょう」

「敬吾さんの気持は解るけど、それも止《よ》したほうがいいね。第一、好江さまがそれをお許しになるかどうか……」

お葉の言葉に、敬吾があっと色を失う。

「……」

賢《さと》い敬吾のことで、それですべてを理解したようである。

「お待たせしましたね。さあさ、石鍋さまも戸田さまも上がって下さいな」

おはまが膳を運んで来る。

「おっ、こいつァ美味そうじゃねえか！」

「豆ご飯なんて、家内が亡くなって以来、口にしていないな」

重兵衛が目を細める。

「そうなんだってね？　敬吾さんなんて初めて口にしたとかで、よほど珍しかったのか、三杯もお代わりをしたんだからさ。ねっ、敬吾さん、そうだよね？」

お葉が茶目っ気たっぷりに、片目を瞑《つぶ》ってみせる。

が、どうしたことか、敬吾が神妙な顔をしている。

「おや、どうしたえ？」

お葉に覗き込まれ、敬吾が目を上げる。

「母上が伯母上の妹ってことは、きっと面差《おもざ》しが似ているのだろうなと思って……」

「おう、そう言えば、敬吾は物心つかねえうちに母を失ったんだったな？　てことは、母の顔を知らぬのか……」

「はい」

敬吾が俯《うつむ》く。

「…………」

「…………」

「…………」

誰もが言葉を失った。

母の温《ぬく》もりを知らない敬吾が、好江の中に母の面影を見出そうとして、それのどこが悪かろう……。

敬吾の心が解るだけに、皆の胸はきりりと疼《うず》くのだった。

「どうだろう、石鍋さま。一度だけ、敬吾さんを好江さまに逢わせては……。せめて、ひと目だけでも逢わせてあげれば、おそらく、好江さまもお悦びになるのではないかしら？」

お葉が重兵衛の目を瞠める。

「それがようござんすよ。なに、長い時間というのでなければ大丈夫《でえじようぶ》でやすよ。子にとって、母の思い出がねえということほど辛《つれ》ェことはありやせんからね」

正蔵も仕こなし顔に言う。

すると、それまで黙っていた清太郎が、不貞《ふて》たように頰を膨《ふく》らませる。

「敬ちゃんだけじゃねえや！　おいらだって、おっかさんの顔を知らねえもん……」

全員の目が清太郎に注《そそ》がれる。

そうだった……。

清太郎の母お咲も、清太郎を産んで間なしにこの世を去ったのだった……。

が、お葉はその場の空気を払うかのように、大声で言った。

「莫迦だね、清太郎は……。おまえのおっかさんは、このあたしじゃないか。さあ、おっかさんのところにおいで！　この顔をおまえの頭に嫌というほど焼きつけておくんだよ」

お葉が、さあ、と両手を広げる。

「やァだよ……。おいら、餓鬼じゃねえもん！」

清太郎が照れたように、身体をすじりもじりとさせる。

「何を照れてるんだえ。さあ、おいでったら、おいで！」

お葉が清太郎の腕を摑《つか》み、無理矢理、膝の上に坐らせる。

「おっかさん、やァだったら、やァだよォ！」

清太郎がくすぐったそうに身体を捩る。

が、その目は悦びの色に溢《あふ》れていた。

清太郎を膝に抱いたお葉の背後に、仏壇が見える。

そして、花立てには黄色い山吹の花が……。

およそ仏壇にはそぐわない花だが、敢《あ》えて、山吹を仏前に選んだのは、お葉が花に甚三郎の面影を重ね合わせたからなのかもしれない。

なぜかしら、龍之介にはそう思えてならなかった。

落とし文《ぶみ》

朝から降りみ降らずみだった空が、午後になり本降りとなった。

中食《ちゆうじき》の片づけをしていたおちょうが洗い物の手を止め、忌々《いまいま》しそうに裏庭へと目をやる。

「やっぱり本降りになっちまった……」

「本降りになって何か困ることでもあるのかえ?」

牛蒡《ごぼう》を笹掻《ささが》きに削《そ》ぎながら、おはまが言う。

「お美濃《みの》ちゃんと門仲《もんなか》(門前仲町)に新しく出来た絵草紙屋《えぞうしや》を覗《のぞ》こうと思ってたんだよ」

「へえ、そうなんだ。なんだか、おまえたち、芝居見物に浅草《あさくさ》に行って以来、すっかり錦絵《にしきえ》に嵌《はま》っちまったみたいだね」

「本当はまた芝居見物に行きたいんだけど、そんな贅沢《ぜいたく》は出来ないだろう? それで、せめて役者の大首絵《おおくびえ》でも拝《おが》みたいと思ってさ！」

「芝居見物を贅沢だと解《わか》っているところまでは褒《ほ》めてやってもいいが、錦絵だってそうそう安くはないだろうに……」

「嫌《いや》だ、おっかさん、誰が買うって言った？　絵草紙屋に並べてある大首絵を選ぶ振りして眺めてくるだけだよ」

「だったら、おまえ、そそり込み（冷やかし）じゃないかえ」

おはまが呆《あき》れ返った顔をする。

おちょうはくすりと肩を揺《ゆ》らした。

「だから、とてものこと一人で行く勇気がなくってさ。それでお美濃ちゃんを誘おうと思ったんだけど、この雨だもの、やっぱ止《や》めようかな……」

なんだえ、おちょうの芝居かぶれもその程度のものだったのかえ……。

おはまは途端に阿呆《あほ》らしくなった。

「けど、五月に入り、やたら雨が多いですよね」

お端女《はした》のおさとが割って入る。

「これって、五月雨《さみだれ》？　あっ、そうか！　おとっつァんが言ってたけど、現在《いま》の雨を卯《う》の花腐《はなくだ》しというんだってね」

おちょうが得意満面に鼻蠢《おごめ》かす。

「そうなんですか。へえェ、宰領《さいりょう》もなかなか物知りなんですね。けど、卯の花腐しって、一体なんのことなんですか?」

おさとが擂鉢《すりばち》の胡麻《ごま》を当たりながら、興味津々《しんしん》といった顔をする。

「なんのことって……。さあ……」

おちょうが言葉に詰まり、救いを求めるかのようにおはまを振り返る。

「なんだろうね、この娘《こ》は！ おとっつァんからちゃんと聞いたんだろうに……。四月のことを卯月《うづき》というだろう? その頃に咲く卯の花を腐らせるようにして降る雨のことを卯の花腐しというんだよ。けど、もう五月だからさ。この雨は五月雨といったほうがいいだろうね」

「だって、まだ卯の花が咲いてるじゃないか！」

おちょうが不服そうに唇を尖《とが》らせる。

「咲いていたって、季節は皐月《さつき》……。五月雨《さつきあめ》ともいうからね」

「そうかもしれないけど、あたしは卯の花腐しのほうがどこかしら響きがよくて気に入ってるんだもん！」

「莫迦《ばか》だね、この娘《こ》は！ 気に入るとか入らないとかの話じゃないだろうに……」

おちょうはますます不貞腐《ふてくさ》れ、まるで茶椀《ちゃわん》に不満をぶっつけるかのように、きゅっきゅっと束子《たわし》で擦《こす》った。

そこに、水口《みずぐち》から、おせいと清太郎が駆け込んでくる。

「やっぱり、清坊を迎えに行ってよかったですよ！　こんなに本降りになるなんてさ……」

おせいが蛇《じゃ》の目《め》（傘《かさ》）を畳《たた》みながら言う。

が、見ると、清太郎はずぶ濡《ぬ》れである。

「清坊、嫌だァ、こんなに濡れちゃって……。これでは、おせいさんがわざわざ傘を持って迎えに行った甲斐《かい》がないじゃないか……。おちょう、早く手拭《てぬぐい》を持っておいで！　それから女将《おかみ》さんに言って、着替えも持って来るんだよ。まったく、なんでこんなに濡れちまったのさ……」

おはまは甲張《かんば》ったように鳴り立てると、前垂《まえだ》れを外《はず》し、取り敢《あ》えず、清太郎の手脚《てあし》を拭《ぬぐ》ってやる。

「それがさ、あたしが石鍋さまの裏店《うらだな》を覗いたときには、子供たちはもう帰った後でね……。ひと足遅かったと思い、慌《あわ》てて引き返そうとしたところ、遠州屋《えんしゅうや》の別邸のほうから子供たちの燥《はしや》ぎ声がするではありませんか……。見ると、三、四人の子供が塀際《へいぎわ》に蹲《うずくま》って何かを拾ってるんですよ。この雨の中、一体何をしているんだろうと思い近寄ってみると、なんと、その中に清坊の姿があるではないですか！ 雨をものともせず、一心不乱に何かを拾ってるんですよ。驚いたのなんのって……」

おせいが困《こう》じ果てたように、清太郎を見下ろす。

「何かを拾ってたって……。一体、何を拾ってたのさ」

おはまが清太郎の顔を覗き込む。

へへっ、と清太郎はバツが悪そうに肩を竦《すく》め、懐《ふところ》の中から反古紙《ほごがみ》に包んだものを取り出した。

えっ、何？ 一体、なんなのよ……。

女《おな》ごたちがいっせいに反古紙の中を覗き込む。

「なんだか判《わか》んないけど、面白《おもしろ》そうだから持って帰って来たんだ！」

清太郎が反古紙を開いてみせる。

「ええっ……、一体何さ、なんなのさ……」

おちょうが訝《いぶか》しそうに眉根《まゆね》を寄せる。

反古紙の中には、まるで巻き煙草《たばこ》のようにくるくると巻かれた栗《くり》の葉が数個……。

どれどれ、とおせいが覗き込む。

「なんだえ、オトシブミじゃないか」

「オトシブミ？」

「オトシブミって何さ。落とし文《ぶみ》と関係があるのかえ？」

どうやら、おはまもおちょうも初めて目にしたようである。

「あれっ、知りません？　あたしは実家《さと》が業平《なりひら》だったもんで、子供の頃から見慣れていましてね。この円筒状に巻かれた葉の中には、オトシブミという甲虫《こうちゅう》の幼虫が入っているんですよ」

「幼虫だって？」

おはまが信じられないといった顔をする。

「雌《めす》のオトシブミが栗や楢《なら》、櫟《くぬぎ》といった若葉の中に卵を産みつけ、端《はし》からくるくると葉を巻いていったのがこの形で、揺籃《ゆりかご》と呼ばれているんですけどね……。こうして、葉の上や地面に落として孵《ふ》化《か》するのを待つんだけど、孵化した幼虫は中から葉を食べて成長すると言われていましてね。時鳥《ほととぎす》の落とし文とも呼ばれ、表立って言えないことを認《したた》めた落書《らくしょ》とか、脅迫に使われる捨て文に引っかけ、この虫のことをオトシブミと呼ぶようになったのですって……」

「じゃ、恋文《こいぶみ》も？」

おちょうが目を輝かせる。

「そうだね。直接手渡せない恋文を、相手が気づきそうな場所にそっと置いておくってこともあるかもしれないね」

「へえェ……。おせいさん、見直したよ。おまえさんがこんなにも物知りだとはね……」

おはまが感心したように言う。

「そんな……。あたしは百姓の娘で、ただ見慣れていたというだけのことですよ」

「ねっ、ねっ……」

清太郎がおせいの袖《そで》を揺する。

するとおはまがまだおちょうが傍《そば》にいるのに気づき、鳴り立てる。

「嫌だ、おちょう！　まだそんなところにいたのかえ？　早く清坊の着替えを持って来な！　風邪《かぜ》を引いちまうじゃないか」

おはまにどしめかれ（怒鳴られ）、おちょうが慌てて茶の間に入って行く。

が、清太郎はまだ何か言いたそうにおせいの袖を揺すっている。

「えっ、どうしたっていうの？」

「この葉っぱの中に、虫の幼虫が入ってるんだろ？　ねっ、四匹もいるから、一匹開けてみてもいい？」

「開けるって……」

おせいとおはまは戸惑《とまど》ったように顔を見合わせた。

おせいが腰を落とすと、清太郎の顔を覗き込む。

「清坊、この中には、虫の卵が入っていると言ったよね？　卵はね、この中にいないと孵化できないんだよ。現在《いま》、清坊がこれを開けたら、どうなると思う？　そこでこの子の生命《いのち》は終わっちゃうんだ……。それでも、清坊は中を開けてみたいかえ？」

「開けたら死ぬの？」

「ああ、おそらくね……」

「だったら、卵が幼虫になったら開けてもいい？」

「うーん、どうだろうな？　きっと、それも拙《まず》いと思うよ。幼虫は中からこの葉っぱを食べながら成長し、成虫となって外に出て来るんだからさ……。その意味でも、これはオトシブミの揺籃といってもいいのさ。ねっ、大したもんじゃないか！　親に食べ物を与えてもらえなくても、そうやって一人で大きくなっていくんだからさ」

「おせいさんの言うとおりだよ。これも一つの生命《いのち》……。元の場所に戻してやることだね」

おはまも仕こなし顔に言う。

「えぇェ！　嫌だよ……。元の場所って、塀の傍だよ。誰かに踏んづけられたらどうすんだよ！」

そこに、着替えを取りに行ったおちょうと、話を聞きつけたお葉が厨《くりや》に入って来る。

「何が嫌だって？」

「おっかさん、おっかさんからも言っておくれよ！　せっかく、おいらがオトシブミを見つけてきたのに、この二人が元の場所に戻してこいって言うんだもん……。おいら、絶対に葉っぱを開かないと約束する！　だから、成虫になるまで傍に置いてもいいだろう？」

清太郎が縋《すが》るような目で、お葉を見る。

そのあまりにも必死な形相に、お葉は思わず頬《ほお》を弛《ゆる》めた。

「ああ、いいだろう。ねっ、おはまもおせいもそれでいいよね？」

「いいといっても、女将さん……」

「そうですよ。一体、どこにこれを置くつもりで……」

「何を迷うことがあるんだえ？　さっき、おちょうから聞いた話じゃ、オトシブミの卵はこの円筒状に巻かれた葉の中で孵化し、自《みずか》らこの葉っぱを食べて幼虫から成虫へと育つんだろ？　こんなに手のかからないことはないじゃないか！　虫籠《むしかご》の中にでも入れておけば、いつ成虫になったところで、たちまちシマの餌《えさ》になることはないだろうからさ」

お葉があっけらかんとした口調で言うと、おはまとおせいが目をまじくじさせる。

虫籠の思いつきにはなるほどと頷《うなず》けるのだが、ここで猫のシマを引き合いに出すとは……。

が、お葉はそんな二人の想《おも》いなど意に介さずとばかりに、けろりとした顔をして続けた。

「さあ、そうと決まったからには、清太郎、早く着替えちゃいな。ところで、おせいは成虫になったオトシブミを見たことがあるのかえ？」

「ええ、チョッキリに似てるんですけどね」

「チョッキリ？　なんだえ、大して見栄《みば》えのする虫じゃないんだ……。で、いつ、成虫になって出て来るんだえ？」

「おそらく、一月《ひとつき》ほどしたら、中から揺籃を食いちぎって出て来ると思いますがね」

「じゃ、おいら、オトシブミが成虫になって出て来たら、雑木林《ぞうきばやし》の中に戻してやるよ」

清太郎が目を活き活きと輝かせる。

どうだえ、男の子を持つってことは、こういうことなんだよ……。

大人のあたしまでがこれまで興味を持たなかったことに関心を示し、日々、新鮮な驚きを覚えさせてもらえるんだからさ！

お葉は満足そうに目を細めた。

友七親分がやって来たのは、七ツ（午後四時）を廻《まわ》った頃だった。

「なんだか久し振りじゃないかえ。一廻《ひとまわ》り（一週間）以上も親分の顔を見ないなんて、初めてのことじゃないかね」

お葉が茶を淹《い》れながら、ちらと友七を窺《うかが》う。

友七はずいぶんと疲れた顔をしていた。

「ああ、堀川町《ほりかわちょう》の常盤屋《ときわや》で落とし文騒動があったもんだから、監視の目が外せなくってよ」

「オトシブミですって！」

お葉は思わず上擦《うわず》った声を上げ、手を止めた。

お葉の驚きように、友七がとほんとした顔をする。

「まっ、確かに、穏《おだ》やかな話じゃねえんだが、おめえのその驚きようはなんでェ……。けど、もう解決済みだから安心しな」

「解決したって……。じゃ、常盤屋ではオトシブミを捨てちまったのかえ？」

「捨てた？」

どうも話が甘《うま》くかみ合わない。

「おめえ、一体《いってえ》なんのことを言ってるんでェ……。堀川町の蒲団屋《ふとんや》常盤屋のことだぜ」

「だから、オトシブミを拾ってきたんだろう？　うちでも今日、清太郎が材木町からの帰りに拾ってきてさ。あたしなんて初めて見たもんだから、清太郎に強請《ねだ》られるまま、成虫になるまで傍に置いて見届けようと思ってさ……。ほら、虫籠に入れて仏壇の脇に置いてあるだろう？」

お葉が仏壇の脇に置かれた小机を振り返る。

友七が堪《こら》えきれずにぷっと噴《ふ》き出す。

「まったく、おめえって女ごは……。どうも話が嚙《か》み合わねえと思ったが、俺が言っているのはオトシブミじゃねえ！　落とし文、つまり、捨て文のことでよ」

「捨て文？　えっ、じゃ、脅迫……」

「ああ、そういうこった。一廻り前、常盤屋の番頭が店先で結び文を見つけてよ。いつ、誰が置いたものかは判らねえが、とにかく開けてみたそうだ。するてェと、細く巻き畳んだ半紙にひと言、オモイシレ、と書いてあったそうな……」

「思い知れ……。何を思い知ればいいのかえ？」

お葉が首を傾《かし》げる。

「だろう？　それで、常盤屋も誰かの悪戯《いたずら》だろうと思い、気に留めなかったそうだ。ところがよ、翌日、常盤屋の旦那《だんな》が母屋《おもや》の厠《かわや》に入《へえ》っていると、掃《は》き出し口から結び文がそろりと差し込まれたそうでよ。その文には、怨《おん》、と一文字書かれていた……。なっ、ここまでくると、常盤屋でも心にもねえ悪戯と座視しているわけにはいかなくなるだろう？　それで俺のところにお鉢が廻ってきたのだが、思い知れ、怨とくれば、常盤屋に恨《うら》みを持つ者の仕業《しわざ》に違《ちげ》ェねえからよ……。俺ャ、何か思い当たることはねえかと旦那に根から葉から問い質《ただ》し、下っ引き二人に片っ端《ぱし》から当たらせたのよ。もちろん、いつ何が起きるか判らねえもんだから、片時も常盤屋から目を離すわけにはいかねえ……。ところがよ、常盤屋の旦那にはさほど他人《ひと》から恨まれるようなことがなくてよ……」

友七が湯呑《ゆのみ》を手に、口に湿《しめ》りをくれてやる。

「それで、落とし文のほうはどうなったのさ。二日続けてあったわけだが、その後は？」

お葉が菓子鉢の蓋《ふた》を開け、端午《たんご》の節句を過ぎちまったけど、よかったらお上がりよ、と柏餅《かしわもち》を勧める。

「おっ、柏餅か！　じゃ、ひとつ頂《いただ》こうかな。なに？　その後、落とし文があったかって？　それが、怨の後はぴたりと止《や》んじまってよ……。それで、俺ャ、思ったのよ。本気で脅《おど》すつもりなら、怨の後にも落とし文はまだ続くだろうし、落とし文だけでなく、何か事が起きたところで不思議はねえ……。ところが、旦那が岡っ引きを駆り出した途端に、ぴたりと止んだ……。外部の者の仕業なら、旦那が俺に相談したことを知るわけがねえからよ。案外《あんげえ》、内部の者の仕業じゃねえかと、俺ャ、そう読んだのよ」

友七が柏餅をぱくつきながら、美味《うめ》ェな、と頬を弛める。

「内部の者の仕業って……。仮にそうだとしても、誰がそんな莫迦げたことをするのさ」

「それよ！　俺ヤ、咄嗟《とっさ》に、餓鬼《がき》の仕業と読んだのよ。というのも、最初《はじめ》のオモイシレだが、大人なら漢字で、思い知れ、と書くだろう？　ところが、片仮名で、しかも蚯蚓《みみず》がのたくったような拙《つたね》ェ文字でよ……。二通目の怨は漢字だったが、これまた金釘流《かなくぎりゅう》もいいところ！　手本を見ながらやっとこさっとこ書いたって文字でよ。あれなら、清太郎のほうがもっと上手《うめ》ェくれえでよ。それで餓鬼の仕業じゃねえかと読んだのだが、常盤屋には九歳と十一歳の餓鬼がいてよ……」

「まさか！　子供がそんなことを……」

「ところが、その、まさかだったのよ。腕白盛《わんぱくざか》りのこの兄弟、手習《てならい》の稽古《けいこ》をしているときに、ふと、見世《みせ》に落とし文をされたら店衆《たなし》がどんな反応を示すかと、悪戯心が湧《わ》き起こったというのよ。それで、弟のほうがオモイシレと結び文を書いて、店衆の目を盗んで店先に置いた……。ところが大騒ぎになるどころか、案に相違して、番頭がこともなげに誰かの悪戯で片づけてしまったもんだから、これは父親《てておや》の目に触れさせなければ駄目だと思い直し、今度は兄貴のほうが、手本の中から出来るだけ恐ろしそうな文字で、しかも書きやすい文字を選んで怨と書き、厠の掃き出し口から差し込んだというのよ」

お葉は開いた口が塞《ふさ》がらないといったふうに、目をまじくじさせた。

「…………」

子供の悪戯と言ってしまえばそれまでだが、人は怨という文字にどれだけぞぞ髪の立つ（身の毛がよだつ）思いをすることか……。

しかも、ここまで悪のりしてしまえば悪戯を超越すると解らないところが、子供らしいといえば子供らしい。

「二日続けて落とし文が投げ込まれ、しかもオモイシレの後に怨と続いたのだから、常盤屋では縮《ちぢ》み上がったが、餓鬼どもにしてみれば、さぞや見ものだったのだろうて……。なんせ、常盤屋は上を下への大騒動となったのだからよ。ところが、奴らの計算が狂ったのは、まさかこんなに早く俺たちが動き出すとは思っていなかったことでよ。というか、あいつら、父親《てておや》が岡っ引きを呼ぶとは思っていなかったのだろうて……。それで、今度は奴らが縮み上がっちまったってわけなのよ。あの二人、俺に問い詰められ、すぐに白状したぜ。最初《はじめ》はあまりにも騒いでくれねえのにがっかりしたが、こんなに大騒ぎになると、怖くて怖くて堪《たま》らなかったと……」

「まあ、そうだったのかえ。子供らしいといえば子供らしいけど、一体、何を考えているのか……。そう言えば、つい先日もあったじゃないか。親の関心を取り戻そうと、生後間もない妹の口を蒲団で塞いじまったって話が……」

お葉がつと眉を曇《くも》らせる。

「おお、冬木町《ふゆきちよう》の青菜屋《あおなや》の娘よのっ。あれだって、あの娘、妹か弟が欲しくて堪らなかったんだぜ？　六歳まで一人っ子で育ってきたもんだから、母親に妹か弟を作ってくれと頼んでいたというからよ。ところが、実際に生まれてみると、双親《ふたおや》の関心が妹のほうにばかり集まる……。それまで一人娘として溺愛《できあい》されてきただけに、ふっと、赤児《やや》さえいなければと思ったんだろうが、自分のしたことを悪いことと思っていねえところが、また怖《こえ》ェというか、辛《つれ》ェよな……」

友七が太息《ふといき》を吐《つ》く。

お葉は友七に二番茶を注《つ》いでやりながら、けど、常盤屋の場合は悪戯と嗤《わら》って済ませられたんだから、これでよしとしなくちゃね、と呟《つぶや》く。

「そういうこった！　俺にしてみれば、骨折り損のくたびれ儲《もう》けとなっちまったが、恐縮した常盤屋が礼金をたんまり弾《はず》んでくれたことでもあるし、まっ、文句は言えねえだろうて……」

「おや、それはようござんしたね。じゃ、久々に親分の懐は潤《うるお》ってるってわけなんだ！」

へへっと、友七が照れ笑いをする。

「まっ、たまにはこういうこともなくっちゃな……。なんせ、岡っ引きなんてもんは、年中三界《ねんじゆうさんがい》ピィピィしてるんだからよ。下っ引き二人にもたまには大束《おおたば》なところを見せなくちゃなんねえしよ……。けど、お葉よ、おめえに馳走《ちそう》するくれェの銭《ぜに》は残ってるからよ。どうでェ、今宵《こよい》あたり千草の花で一杯《いっぺえ》というのは……」

「おや、豪気だね！　おかたじけと言いたいところだが、遠慮しとくよ。それより、たまには女房孝行することだね。それこそ、お文《ぶん》さんやお美濃を誘って千草の花に行っちゃあどうだえ？　きっと、文哉さんも悦《よろこ》ぶだろうさ。みすずも晴れて文哉さんの義娘《むすめ》になったことだし、同じ身の上のお美濃とは気が合うのじゃないかえ？」

「お美濃とみすずか……。そう言ャ、そうだよな？　お美濃が二十歳《はたち》でみすずが……」

「十六だよ。四歳しか違わないのだし、現在《いま》のところ、お美濃にはおちょうしか気心の知れた友と呼べる者はいないんだろう？　だったら、親分が間に入って取り持ってやらなくちゃ！」

友七が目から鱗《うろこ》が落ちたといった顔をする。

「そうだよな？　犬も朋輩《ほうばい》、鷹《たか》も朋輩とも、牛は牛連れともいうからよ。案外《あんげえ》、心に同じ疵《きず》を持つ二人のことだ、年頃でもあるし、互ェ《たげ》に悩みを打ち明けたり支え合うのもいいかもしれねえな……。じゃ、今宵は嚊《かかあ》とお美濃を連れて千草の花にでも行くとすっか！　おっ、そりゃそうと、聞いたぜ、石鍋の敬吾のことを……。可哀相《かえいそう》に、明成塾を退塾させられたんだってな？　なんでも、月並銭《つきなみせん》が払えなくなったとか……。学問好きの良い子だっただけに、残念だよな。が、考えてみれば、端《はな》から無理があったのよ。浪人者が手習指南をするくれェでは、父子《おやこ》二人、口を漱《すす》ぐのがやっとだもんな。それを背伸びしようとしたんだから、こうなるのは火を見るよりも明らか……」

友七が蕗味噌《ふきみそ》を嘗《な》めたような顔をする。

お葉も辛《つら》そうに眉根を寄せた。

「あたしもさァ、石鍋さまから明成塾の月並銭が二月《ふたつき》も滞《とどこお》っていると聞き、よっぽど、うちで立て替えようかと喉《のど》まで出かかったんだよ……。けど、その場凌《しの》ぎでそんなことをしても、敬吾さんはまだ十二歳……。これから先、何年通うことになるか判らないだろう？　此度《こたび》の件があったから無理が生じたのであればなんとかなるかもしれないが、どだい、石鍋さまの立行《たちいき》では、敬吾さんを塾に通わせるのは無理だったのだと思うとね……」

「おっ、ちょい待て！　此度のこととは……。一体《いってえ》、何があったのよ」

友七がひと膝《ひざ》前に身を乗り出す。

そうだった……。

友七は石鍋重兵衛と好江のことをまだ知らないのである。

だが、地獄耳の友七のこと、隠しておくわけにはいかないだろう。

「それがさア……」

お葉はそう言うと、深々と肩息《かたいき》を吐いた。


友七は煙草盆《たばこぼん》を引き寄せると、腰から提《さ》げの煙草入れを外し、継煙管《つぎキセル》に甲州《こうしゅう》（煙草）を詰めた。

そうして火箸《ひばし》で長火鉢の炭を摑《つか》むと煙管に火を点《つ》け、長々と煙を吐く。

「あの石鍋さまに、そんなことがあったとはよ……。曲《きょく》のねえ（無愛想《ぶあいそう》）野暮天《やぼてん》に見えても、いっぱしに女ごに惚《ほ》れる心を持ち合わせていたとは驚き桃の木だが、生涯《しょうげぇ》、一人の女ごを想い続けるとは、頭の下がる思いだぜ。けど、敬吾にしてみれば、複雑な気持だろうて……。父親《ておや》が心に秘めていた女ごが、てめえの母親の姉というんだからよ。母親のことは何も憶《おぼ》えてねえといっても、真実を知れば、敬吾も衝撃が大きかろうて……」

「そうなんだよ。だから、今の話はここだけってことで、口が裂けても敬吾さんには言わないでおくれよ」

「言うわけがねえだろうが！　見掠《みかす》めてもらっちゃ困るぜ。あの年頃の子は多感で、些細《ささい》なことにも疵つきやすいからよ。しかも、無垢《むく》なだけに、白は白、黒は黒と決めてかかり、大人の世界には灰色ってものがあるってことを解ろうとしねえからよ。だが、見直したぜ、石鍋さまを……。よく、好江という女ごの最期《さいご》を看取《みと》ってやろうと決意したものよのっ。永《なげ》ェこと心に秘めて慕《した》ってきただけに、場末の女郎屋で労咳《ろうがい》に冒《おか》され、面変《おもが》わりした姿を目にしたのでは、さぞや見るに忍びなかっただろうによ……。並の男なら、夢破れた衝撃のあまり、そのまま声をかけずに逃げ出したかもしれねえところを、女郎屋から女ごを救い出し、覚悟のうえで世話をしようというのだからよ。俺に同じことをしろと言われても、はたして出来るかどうか……」

「それだけ石鍋さまは、好江さまに惚れきっていなさるんだよ。あたしには解るよ。甚三郎がもしそうなら、あたしも同じことをしただろうし、甚三郎だってあたしにそ

「うしてくれたと思うからさ」

「て、て、てんごうを！　おめえのことなんて聞いちゃいねえさ。そうなると、これから先、金はいくらでも要るってことかよ……。そうやって、毎日、石鍋さまが石島町の百姓家まで通うとなると、指南所の実入りも減るだろうし、その女ごがもう永くねえのは解っていても難儀よのっ」

　友七が灰吹《はいふ》きに煙管の雁首《がんくび》を打ちつける。

「そうなんだよ。それで、佐賀町《さがちよう》の添島《そえじま》さまに好江さまのことを頼んだんだよ。少し遠いが、石島町まで脚を運んでもらえるだろうかと……」

「おっ、立軒《りつけん》さまになっ。そいつァ良かった！　立軒さまに診《み》てもらえば安心だ」

　が、お葉はつと辛そうに目を伏せた。

「それがさ、添島さまの腕をもってしても、好江さまはよく保《も》って半月だとか……。もうここまで病状が悪化していたのでは、今さら高直《こうじき》な薬を与えても効《き》き目はない、それより、病人が欲しがるものがあればなんでも食べさせてやることだ、とそう言われるんだよ」

「半月……。てこたァ、六月まで保つかどうか判らねえってこと……」

「だから、一日も早く敬吾さんを好江さまに逢《あ》わせたいのだけど、まだそれが叶《かな》っていなくてね」

「敬吾を……」

「胸を患《わずら》い、それもかなり重篤《じゆうとく》な好江さまに逢わせるのはいかがなものかと迷ったんだけど、傍に近寄らせなければ大丈夫かと思って……。というのも、ほら、敬吾さんて、物心つかないうちに母親を亡くしているじゃないか……。以来、父一人子一人で育ってきて、敬吾さんは母親の面影《おもかげ》すら知らないんだ。好江さまと母の瑞江さまがどこまで似ているのかは知らないが、敬吾さんがどうしてもひと目逢いたいというもんだからさ……。あたし、その言葉を聞いて、思わず泣けちまってさ……」

「そうけえ……。そういうことなら、せめて、ひと目逢わせてやりてェよな。それに、好江って女ごも早晩《そうばん》あの世に行くことになるんだろうし、そうなりゃ、敬吾の母親に、あいつがどんなに聡明《そうめい》な子に育ったか報告できるんだもんな……。おっ、どうしてェ、その顔は……。俺ャ、なんか妙なことを言ったかよ」

友七が怪訝《けげん》そうにお葉を見る。

「だって、早晩あの世に行くだなんて……」

「何言ってるんでェ！　おめえも言ったじゃねえか、よく保って半月だと……」

「そりゃそうなんだけど……」

お葉は太息を吐いた。

やはり、一刻も早く、敬吾さんを好江さまに逢わせなければ……。

そうだ！　そのときは自分もついて行こう……。

走りの桃を見舞いに持って行くってのはどうだろう。

瑞々《みずみず》しい桃の果汁なら、好江さまも悦んでくれるかもしれない……。

お葉はそう心に決めると、

「明日、あたしが敬吾さんを石島町まで連れて行くよ！」

と言った。

「おっ、それがいいや。そうしな！　ただし、長居をするんじゃやねえぜ」

「言われなくても解ってますよォだ！」

お葉はわざとらしく、唇を窄《つぼ》めてみせた。


翌日、お葉は一の鳥居の前の水菓子屋《みずがしや》（果物屋）で桃を求めた。

「甘いんだろうね？　ねっ、本当に甘いんだろうね？　甘くなかったら、許しはしないんだから……」

お葉が執拗《しつよう》に訊《たず》ねると、水菓子屋の主人《あるじ》は根負けしたかのように、甘《あめ》ェか甘くねえか、この場で食ってみれば判るだろうが、と言い、まるで恥じらうかのように頭の部分を薄桃色に染めた桃の皮を剝《む》いてくれた。

「桃はかぶりつくに限るからよ。ほれ、ガブリとかぶりついてみな！」

言われるまま、お葉が赤児の肌を想わせる桃の実にガブリとかぶりつく。

口の中に、甘く瑞々しい果汁が広がっていく。

「どうでェ、掛け値なしに美味《うめ》ェだろうが！　ただし、これは最高級品だからよ。ちょいと値が張るが、買ってくか？」

「ああ、貰《もら》おうか。そうだね、じゃ、五つばかし包んでおくれ。もちろん、今、あたしが食べた桃のお代も払うから安心しておくれ」

「へっ、毎度！」

「そうだ、悪いけど、手が空《す》いたときでいいから、あと二つほど日々堂に届けてくれないかえ？　見世の者に、あたしが仏壇に供《そな》えるように言ってたと伝えてくれればいいからさ」

「あっ、旦那のね？　ようがす、お届けしやしょう」

甚さん、美味《うま》い桃を心置きなく食べておくれ……。

こんなときでも、お葉はまず甚三郎のことを一番に頭に浮かべる。

成る口（いける口）の甚三郎だが、こと水菓子にかけては目がなくて、桃や西瓜《すいか》、甜瓜《まくわうり》などを美味そうに食べていた。

そう思うと、お葉は懐《なつ》かしさに胸が一杯になった。

仏壇から下げた桃の一つは、当然、清太郎の口に入るであろうし、もう一つは、そうだ、正蔵やおはま、おちょうが分け合えばいい……。

「へい、じゃ、桃が八個で、締《し》めて二朱《しゅ》……。済まねえな。なんせ、まだ走りで、しかも最高級品ときたもんだからよ」

桃が八個で二朱とは……。

が、お葉は平然とした顔をして、早道《はやみち》（小銭入れ）から小白《こじろ》（一朱銀）を二枚摘《つま》み出す。

どこかしら気分が良かった。

「じゃ、頼んだよ！」

お葉は水菓子屋を後にすると、材木町へと向かった。

刻《とき》は八ツ（午後二時）を過ぎたばかりであろうか……。

このままぶらぶらと歩いて行けば、指南所が閉まる頃には石鍋重兵衛の裏店に着くであろう。

昨夜、ひと晩中降った雨も上がり、陽射《ひざ》しの中、川べりの並木や家々の屋根がひと風呂浴びたかのように眩《まぶ》しく光っている。

薫風《くんぷう》が、お葉の肌を撫《な》でるように掠《かす》めていく。

油堀《あぶらぼり》まで出ると、目の前を玄鳥《つばめ》がスゥイと過《よ》ぎっていった。

お葉は稲妻《いなずま》にでも打たれたかのように、目を瞬《しばたた》いた。

おそらく、あの玄鳥はどこかの軒下《のきした》に造った巣に餌を運んで行くのであろう。

親鳥が近づく気配に、雛《ひな》がいっせいに巣から頭を出し、黄色い口を開けて鳴くさまを頭に描《えが》き、お葉の胸がじんと熱くなった。

石鍋重兵衛と敬吾のことを想ったのである。

およそ敬吾ほど健気《けなげ》な子もいないであろう。

いつ叶うやもしれない重兵衛の見果てぬ夢を背負《せお》わされ、幼い頃より厳しく躾《しつ》けられてきた敬吾……。

母を恋しいと思ったこともあったであろう。

並の子供なら、腹が減れば素直にひだるい（腹が空《す》いた）と言い、竹馬、べい独《ご》楽《ま》、箍廻《たがまわ》しと、男の子が興じる遊びにも参加したかったであろうに、浪人ながらも武士の子と、学問や剣術の稽古ばかりを強《し》いられてきたのである。

その中にあり、敬吾は不満ひとつ言うことなく父の教えに従ってきたが、現在《いま》になり、進むべき道を見失いかけているのだった。

分々《ぶんぶん》に風は吹く。学問はどこにいても出来ますゆえ……。

そう言ったときの敬吾には、痛恨の色は見えなかった。

むしろ、月並銭が払えなくなったことへの悔悟《かいご》の念が拭えなかったのは重兵衛のほうで、敬吾はそんな父を労《いたわ》るかのように、敢えて、明成塾への未練を捨ててしまったのである。

だが、なんといってもまだ十二歳……。

懸命に堪えようとすればするほど、痛々しさが伝わってくるのは否《いな》めない。

母上が伯母上《おばうえ》の妹ってことは、きっと面差しが似ているのだろうなと思って……。

そう言ったときの敬吾の顔が、お葉の脳裡《のうり》にしっかと焼きついていた。

なんとしてでも、ひと目、敬吾を好江さまに逢わせなければ……。

お葉はそう思ったのだが、迷いがないわけではなかった。

戸田龍之介の話では、胸を病《や》み、それももうあまり先のない好江は、ずいぶんと窶《やつ》れているという。

「だが、どこかしら若かりし頃の片鱗《へんりん》を留《とど》めていてよ。艶《あで》やかさはないが、きりりとした芯《しん》の強さを秘めた美しさ……。そう、花に譬《たと》えれば、鷺草《さぎそう》か一人静《ひとりしずか》……。触《ふ》れれば、はらはらと毀《こわ》れてしまいそうなほどに儚《はかな》げだが、湿地にしっかと佇《たたず》んでいる……。そんな女《ひと》なんだよ」

龍之介は好江のことをそう表現したが、その凜《りん》とした美しさも、今や見る影もないほど衰《おとろ》えているとか……。

青白い肌に、ごつごつと骨張った身体《からだ》、落ち窪《くぼ》んだ瞳、そして目尻に深く刻《きざ》まれた皺《しわ》……。

それを敬吾がどのように受け止めるのかと思うと、お葉の胸は痛むのだった。

好江の中に母の面影を見出そうとする敬吾には、窶れた好江を見るのは忍びないことだろう。

そんなことを考えながら歩いていると、やっと材木町に着いた。

表通りから新道《しんみち》に入り、さらに裏店のひしめき合う裏道へと……。

そうして石鍋父子の裏店まで近づくと、路次口《ろじぐち》から子供たちが口っ叩《たた》き（お喋《しゃべ》り）しながら出て来るのが目に留まった。

五、六人はいたであろうか……。
その中に清太郎の姿を認め、お葉が声をかける。

「清太郎！」

清太郎は驚いたようにお葉を見た。

「おっかさん……。一体《いってえ》どうしたんだよ！」

清太郎は傍まで駆け寄ると、照れ臭そうに他の子供たちに目をやった。

「なんで迎えに来たのさ！」

清太郎が不貞たようにお葉を睨《にら》みつける。

どうやら、清太郎はお葉が迎えに来たのだと思い、他の子供たちへの手前、照れているようである。

「莫迦だね。おまえを迎えに来たんじゃないんだよ。ちょいと石鍋さまと敬吾さんに用があってね。いるんだろう？」

お葉が路次口の中を顎《あご》で指《さ》す。

「うん。なんでェ、迎えに来たんじゃなかったんだ。じゃ、おいら、金《きん》ちゃんや章《しょう》ちゃんと一緒に帰ってもいい？」

「ああ、そうしな。ただし、道草を食うんじゃないよ！　おせいが小中飯《こじゅうはん》（おやつ）

の仕度《したく》をしてくれてるから、帰ったら真っ先に手を洗うんだよ」

「解ってるってば！」

清太郎はくるりと背を返すと、先を行く子供たちの後を追って駆け出した。

なんてことだえ……。

つい先《さい》つ頃まで甘ったれて、おっかさん、おっかさん、と纏《まと》わりついてきたというのに、もうこれなんだもの……。

それが成長するということと解っていても、お葉にはどこかしら心寂《うらさび》しい。

お葉は肩息を吐くと、路次口を潜《くぐ》った。

石鍋重兵衛は出掛ける仕度をしていたようで、お葉が腰高障子《こしだかしょうじ》の前で訪《おとな》いを入れると、鳩《はと》が豆鉄砲《まめでっぽう》を食ったような顔をして出て来た。

「あっ、女将……。えっ、また一体、何ゆえ……」

重兵衛の途方に暮れたような顔を見て、お葉がくすりと肩を揺らす。

「石鍋さま、これから石島町に行かれるんでしょう？　それで、あたしもお供をしようと思ってさ。敬吾さんをまだ好江さまに逢わせていないんだろう？　きっと石鍋さまのことだから、いつ逢わせるべきかと迷ってるのじゃなかろうかと思ってさ……。だったら、見舞いかたがたあたしが同行すれば、石鍋さまも敬吾さんを好江さまに引き合わせやすいのじゃなかろうかと思ってさ！」

お葉はそう言い、手にした桃の包みを、ほら、と掲げてみせる。

敬吾が嬉《うれ》しそうに寄って来る。

「おばさまも一緒に行って下さるのですか？　ああ、良かった……。父上、お願いしようではありませんか！」

敬吾が見上げるようにして、重兵衛の反応を窺う。

重兵衛は気を兼ねたように、ひょいと頭を下げた。

「そうしていただけますか？　実は、あれから考えていまして……。敬吾を好江どのに逢わせるにしても、一体どういう状況の下《もと》に逢わせればよいのか迷っていましてな。これから行けば、わたしは明け方近くまで好江どのに付き添うことになるのですが、敬吾をそんなに永く傍に置けません。かといって、一人で帰らせるにしても、好江どのを不快に思わせずに帰らせるには、いかがしたものだろうかと考えていたところでして……。だが、女将が同行して下さるのであれば、敬吾を女将と一緒に帰らせることが出来る。それなら不自然ではありませんからね」

やはり、そういうことだったのである。

「じゃ、そうしようじゃないか。あたしはこう言うからさ！　日頃から石鍋家とは親戚付き合いをしていて、敬吾さんとうちの息子が兄弟のようにしてもらっている手前、伯母さまが病と聞き、是非一度、見舞いたいと思っていたのだと……。ねっ、そう言えば、ごく自然だろう？　ねっ、それでいこうじゃないか！」

重兵衛と敬吾が顔を見合わせ、安堵《あんど》したように頷き合う。

「じゃ、行こうじゃないか」

「はい」

敬吾の爽《さわ》やかな声に、重兵衛が頰を弛める。

おやまっ、重兵衛はまるで喉《のど》の小骨が取れたかのような顔をしているではないか……。

好江はお葉と敬吾が見舞いに来たと聞き、蒲団から身体を起こそうとした。

が、自力で起き上がる力はもう残っていないとみえ、肩を上げたところで、力尽きたかのように再び蒲団に身体を戻した。

「重兵衛さま、力を貸して下さいませ」

好江が弱々しい声で言う。

「いえ、無理をなさらないで下さいませ。どうぞ、そのままで……」

お葉が気遣《きづか》わしそうに言うと、好江は縋るような目で重兵衛を見た。

仕方なく、重兵衛が好江の背を支えるようにして、身体を起こす。

だが、手を離すことなど出来ない。

結句、重兵衛が後ろ手で好江を支えるようにして、敬吾との対面となったのだった。

「お初にお目にかかります。石鍋重兵衛の息子、敬吾にございます」

敬吾が深々と頭を下げる。

「まあ、おまえさまが重兵衛さまと瑞江の……。なんと凜々《りり》しいお子にお育ちなのでしょう。まあ……、そういえば、どことなく目許《めもと》に瑞江の面影が……。敬吾さま、お逢い出来て嬉しゅうございます。これでもう、わたくしは何も思い残すことはありません。冥土《めいど》への土産《みやげ》が出来たのですもの……。瑞江に逢《お》うたら、敬吾さまがこのように立派な若者になられたことを伝えましょうぞ」

好江の目に涙がきらと光った。

「伯母上、冥土への土産などと言わないで下さい。わたしは伯母上の中に亡き母上の面影を見ました。それゆえ、伯母上には一日でも永く生きていてほしいのです」

「嬉しいことを言うておくれだ……。今となれば、なぜもっと早く、おまえさま方を捜《さが》し出そうとしなかったのか口惜《くちお》しくてなりません。けれども、生命《いのち》尽きようとする今このとき、こうして重兵衛さまや敬吾さまに巡《めぐ》り逢えたのですものね……。これも、あの世で瑞江が計《はか》ってくれたことと感謝しています。日々堂のお葉さま……。おまえさまが便り屋日々堂の女将さんなのですね。わたくしね、時折、文を託しに黒江町の見世を訪ねていましたのよ。ふふっ、莫迦げたこととお嗤いになるかもしれませんが、自分宛《あて》に文を書き、わざわざ町小使《まちこづかい》（飛脚《ひきやく》）の手を借りて自分に届けさせていましたの。本当は、瑞江や重兵衛さまに書きたかった……。けれどもそれも叶わず、それゆえ、その時々に思ったことを文に認め、自分宛に送っていましたの。自分が書いたとはいえ、文が届くのって嬉しいものでしてね。なんだか独《ひと》りぼっちではない気が致しますの」

好江はやはり起きているのが辛いのであろう、苦しそうにぜいぜいと喘《あえ》いだ。

「やはり、横になられたほうが……」

重兵衛が心配そうに覗き込む。

が、好江はふっと微笑《ほほえ》むと、首を横に振った。

「もうしばらくこのままにしていて下さい。死ねばいくらでも横になれるのですもの、せめて生命《いのち》あるうちは少しでも起きていたいと思います」

「好江さまが日々堂を贔屓《ひいき》にして下さったとは露知《つゆし》らず、失礼をしてしまいました」

お葉は頭を下げた。

胸の中では、好江が自分宛に文を送っていたことに胸が一杯になっていた。

「それででしょうか。おまえさまにお逢いしても、どこかしら初めてではないような気がしますの。いえ、実際にはお目にかかったことはありませんよ。けれども、日々堂はいつお訪ねしても、店衆の皆さまの礼儀正しいこと……。おそらく、上に立つ宰領や女将さんの人柄が店衆にまで及んでいるのでしょうね。月に一度ほどでしたが、日々堂をお訪ねするのが愉《たの》しみのひとつとなりましてね。それに、先ほど聞いた話では、石鍋とは親戚付き合いをしておられるとか……。敬吾さまとお宅のお子が親しくしているというのも、何かの縁なのでしょうね。どうか、今後とも、この父子《おやこ》のことを宜《よろ》しくお頼み申します。今となれば、わたくしには何もお返しすることは出来ません。けれども、感謝の気持だけは受け取って下さいませね」

好江が辛そうに顔を歪《ゆが》める。

「伯母上、どうぞもう、お休み下され！」

敬吾が悲痛の声を上げる。

「好江さま、どうかそうなさって下さいませ。あたしたちがあまり長居をしたのでは、お身体に障《さわ》りましょう。早々にお暇《いとま》しますんで……」

お葉が、好江を横にするように、と重兵衛に目まじする。

「さっ、好江どの、横になりましょうぞ」

重兵衛が毀れものでも扱うかのようにして、好江を横にさせる。

すると、好江の頰を涙がつっと伝った。

重兵衛が好江の頰に手拭をそっと当て、涙を拭ってやろうとする。

「案じなさいますな。嬉しいのです。嬉しくて、嬉しくて、こんなに嬉しい想いは本所の裏店を出て以来のこと……」

涙は止め処《ど》もなく好江の頰を伝った。

見ると、正座した敬吾が膝で掌《てのひら》を固く握り締め、俯《うつむ》いたままぶるぶると肩を顫《ふる》わせているではないか……。

懸命に涙を堪えているさまに、お葉の目にワッと涙が衝《つ》き上げた。

重兵衛が意を決したように口を開く。

「さっ、好江どのはもうお疲れだ。今日のところはこのくらいにして、敬吾は女将と一緒に帰るがよい」

　お葉は慌てて涙を拭うと、

「そうだね。そうさせてもらおうか……。好江さま、何か見舞いにと思い、桃をお持ちしましたんで、後で石鍋さまに食べさせてもらって下さいませ。桃なら、食が進まないときでも上がれるかと思いましてね」

「女将、気を遣わせてしまい、申し訳なかったね」

　重兵衛が気を兼ねたように言う。

「何言ってんだえ！　こんなのお安いご用だ。いつでも言っとくれ。じゃ、あたしは敬吾さんを連れて帰るからね。夕餉《ゆうげ》を食べさせたら、店衆に材木町まで送って行かせるから心配しなくていいよ。石鍋さまは心ゆくまで好江さまの看病してあげて下さいな。では、好江さま、あたしたちはこれで失礼しますんで……」

　お葉は好江に声をかけ、立ち上がろうとした。

　すると、好江が何か言いたげに唇を動かした。

　声にはならなかったが、好江の唇は、アリガトウ、と動いたように思えた。

　一刻も早くその場を辞さなければ声を上げて慟哭《どうこく》してしまいそうな気配に、お葉は慌てて納屋を後にした。

その後を逃げるようにして追いかけてきた敬吾も、納屋の扉《とびら》に顔を擦《す》りつけるようにして噎《むせ》び泣く。

どのくらい、二人はそうして百姓家の裏庭に佇んでいただろうか……。

次第に光を弱めていく西陽に夕闇《ゆうやみ》の迫ったことを知り、お葉は敬吾に声をかけた。

「敬吾さん、さあ、戻ろうじゃないか……」

敬吾は黙って頷いた。

だが、仙台堀沿いを歩いているときである。

敬吾がぽつりと呟いた。

「わたしは伯母上がご自分で文を書いていたと聞き、泣き出したい気持になりました。伯母上には頼る者が誰もなく、文を出す相手もいなかったのだと思うと、切なくて……」

「そうだよねえ……。けど、好江さまが言ってたじゃないか。本当は、石鍋さまや妹に書きたかったのだと……。好江さまは敬吾さんが生まれたことを知らなかったわけだが、知っていれば、もちろん、敬吾さんにも書きたかったと思うよ。けど、好江さまにはおまえたちがどこにいるのか判らなかったんだ……。それで、思いの丈《たけ》を文に認め、自分宛に出していたんだもんね。独りっきりのようでいて、好江さまの胸の中にはいつもおまえたちがいた……。この世のどこかにおまえたちが生きているってことが、あの女《ひと》の生きる支えだったんだよ」

「きっと、そうなのでしょうね。でも、わたしは今日お逢い出来て良かったです。お綺麗《きれい》な方で、母上もきっと伯母上のようだったのだと思うと、嬉しくなりました。伯母上にお逢いしたことで、今まで墨色《すみいろ》一色だった母の面影に、なんだか色が施《ほどこ》されたようで……。ああ、わたしにも母がいたのだ……。いえ、当たり前のことなのですが、その当たり前のことが、これまではなぜかしらピンとこなくて……。けど、これでようやく、わたしにも母がいたと自信を持って言えるような気がします。妙でしょうか？」

「妙なものか！　それでいいんだよ。思えば、清太郎も母の顔を知らないんだが、あの子にはこのあたしがいるし、正蔵やおはま、戸田さま、店衆の誰かが常に傍についていて、日々堂の跡《あと》を託すべく大切に育てているんだが、敬吾さんにはおとっつァんしかいないんだもんね。明成塾に通うことも出来なくなって、おまえ、これからどうするつもりだえ？　いや、今言うことではないのかもしれないが、どうしても気になってね」

「…………」

「確かに、学問はどこにいても出来る……。だが、それを何に役立てるかが問題なのじゃないかえ？　石鍋さまの頭の中には仕官しかないのだろうが、敬吾さんもそう思っているのかえ？」

「………」

敬吾は答えなかった。

答えないというより、答えられないのであろう。

「そうだよね。答えられるわけがないよね？　ごめんよ。十二歳の敬吾さんにこんな無理難題を持ちかけたあたしが間抜けだったよ。ねっ、お腹が空かないかえ？　そろそろ七ツ半（午後五時）だ。急いで帰ろうじゃないか。そうだ、さっき、好江さまの見舞いに持って行った桃……。あれさ、一つほど仏壇に供えてあるんだよ。夕餉の後、清太郎と二人で食べるといいよ。あたしもさ、買ったときに一つ味見してみたんだけど、頰《ほ》っぺが落ちそうなほど甘くて、瑞々しかったよ！　どうだえ、食べたいかえ？」

お葉がわざと明るい口調で言う。

敬吾は桃と聞き、嬉しそうに目を輝かせた。

こんなところは、まだ十二歳の子供である。

ようっし、桃の一つは清太郎に、残り一つを正蔵家族にと思っていたが、正蔵たちのことは構うことはない。

清太郎と敬吾に一つずつ食べさせるのだと決めると、やっと、それまで胸に支《つか》えていたものが、すっと下りたように思えた。


敬吾に夕餉を食べさせ友造に送って行かせると、お葉は改まったように、正蔵やおはまに敬吾が好江に対面したときのことを話した。

「そうでやしたか……。それは、敬吾さんにはよい思い出となりやしたね」

正蔵がそう言うと、前垂れを鼻に当て懸命に涙を堪えていたおはまが正蔵を恨《うら》めしそうに睨みつける。

「どこがよい思い出だよ！　敬吾さんには好江さまに出逢ったそのときが、別れの秋《とき》でもあったんだよ。こんなに辛いことってあるかえ？　それをあの子は懸命に堪え、取り乱すことなく甥《おい》としての務めを果たしたのだもの……。あたしさァ、敬吾さんが納屋を出た途端、扉に顔を擦りつけるようにして噎び泣いたと聞き、胸が張り裂けそうになっちまったよ。あの子がそこまで堪えていたのかと思うと、切なくてさ……」

おはまはそう言うと、ついに堪えきれなくなったとみえ、前垂れにワッと顔を埋《うず》めた。

「辛かっただろうな、敬吾……」

龍之介もぽつりと呟く。

「けどさ、敬吾さん、辛かったとひと言も言わず、好江さまが自分宛に文を出していたことを、伯母上には頼る者が誰もなく、文を出す相手もいなかったのだと思うと切ないって言うんだよ。自分の辛さより、好江さまの辛さを慮《おもんぱか》ろうとする敬吾さんの気持……。あたしは胸を打たれたね」

お葉がそう言うと、正蔵が何やら思い出したかのように、ハッとお葉に目を据《す》えた。

「思い出しやしたぜ！　そういえば、月に一度、自らの手で日々堂まで文を持って来た女ごがおりやしたが、あの女《ひと》が好江さまだったのでやすね？　あっしが応対したのは一度きりだが、友造や与一、佐之助たちも憶《おぼ》えていると思いやすよ。細面《ほそおもて》で、柳《やなぎ》腰《ごし》の……。そう、歌麿《うたまろ》の美人画に出てくるような女ごだったが、襟白粉《えりおしろい》をしていたところを見ると、あれは女郎……。えっ、てこたァも好江さまというのは、裾継か土橋の……」

正蔵が目をまじくじさせる。

正蔵やおはまにはそこまで詳《くわ》しい話をしていなかったので、お葉も龍之介も慌てた。

が、現在《いま》は、清太郎が風呂に入っていてこの場にいない。

お葉は上目遣《うわめづか》いに正蔵を見た。

「あたしも戸田さまからその話を聞いたときには驚いたんだけどさ……。何か事情がおありになったんだろうが、石鍋さまも土橋の女郎屋で好江さまを見つけたときにはいと胸を突かれたそうでね。けど、その石鍋さまにも、何ゆえ好江さまがそのような身の有りつきになったのか、終《つい》しか、訊《き》くことが出来なかったというんだからさ……。石鍋さまでさえそうなんだから、戸田さまやあたしが詮索《せんさく》することではないと思ってさ……。それに、子供の敬吾さんには、まかり間違っても話すことではないからね。だから、このままそっとしておくことにしたのさ」

「では、石鍋さまは敬吾さんになんと説明をされたのかしら？」

おはまが眉根を寄せる。

「重兵衛は敬吾に好江どのとどこで逢ったかまでは伝えていないようだ。ただ、久方ぶりに好江どのに再会したが、病に臥《ふ》しておられ、それももう永くはない生命《いのち》だと、そんなふうに伝えただけなのじゃねえかな？　賢い敬吾のことだ。おそらく、それ以上踏み込んではならないと悟《さと》ったのだろう。以来、敬吾のほうから質すことはなかったそうでよ」

龍之介がお葉に代わって答える。

「けど、好江さまが自分宛の文を出していたとはよ……」

正蔵が太息を吐く。

「好江さまが言ってたよ。本当は、瑞江や、あっ、この瑞江っていうのが敬吾さんのおっかさんなんだけどさ……。本当は、瑞江や重兵衛さまに書きたかったが、どこにいるのか捜し出すことも出来ず、それで、その時々に思ったことを文に認め、自分宛に送っていたのだと、そう言われてね。あっ、こうも言ってたっけ……。自分が書いたものとはいえ、文が届くのは嬉しいものだと……。ねっ、切ないじゃないか……。それほど寂しかったってことなんだからさ」

「好江さまに何があったのかは判らねえが、武家の女ごが流れの身になったんだもんな……。ひと言では片づけられねえほど辛《つれ》ェことがあったに違《ちげ》ェねえ……」

正蔵が溜息《ためいき》混じりにそう言うと、龍之介が皆を見廻した。

「だがよ、好江どのは最後になって愛《いと》しい重兵衛に再会できたのだ。重兵衛にしても然《しか》り……。永き空白があったにせよ、恋しい女ごに再会したばかりか、自らの手で好江どのを看取ることが出来るのだからよ」

正蔵とおはまがとほんとした顔をする。

「お待ち下さいよ、戸田さま。今、なんと？」

「あっしの聞き違《ちげ》ェでねえとすれば、愛しい重兵衛……、いや、恋しい女ごに再会と言いやしたよね？」

おはまと正蔵が訝しそうに顔を見合わせる。

「ああ、言った。済まねえ。二人には黙っていたのだが、実は、重兵衛は妻女の姉、好江どのに想いを寄せていたんだ……」

龍之介が二人に重兵衛と好江姉妹の関係を説明する。

「なんと……」

正蔵は話を聞き、絶句した。

「石鍋さまが自分に想いを寄せていることを知っていて、妹のために身を退《ひ》かれたとは……。で、そのことを、おそらく瑞江さまも知っていたのではないかと、そう言われるのですね？　まっ、なんてことなんだえ……」

「けどよ、そうだとすれば、一番辛《つれ》ェのは妹のほうだぜ。姉さんが自分のために身を退いたと知っていて、しかも、所帯を持ってからも石鍋さまの心は好江さまへと向いていたんだからよ……。おう、おはま、おめえが石鍋さまの女房だとしたら、どう思う？」

「嫌だよ、あたしは！　決まってるじゃないか。他の女ごに想いを寄せるような亭主なんて、お払い箱さ！　それに、何が許せないって、相手が他人というのならまだしも、自分の姉だよ？　許せっこないじゃないか……」

おはまが悔《くや》しそうに唇を噛《か》む。

「おはまの気持は解るよ。けどさ、瑞江さまの気持にもなってみな？　姉さんが自分の気持を察し、泣く泣く身を退いたと解っていても、それでもなお、石鍋さまのことが好きだったのさ。男に惚れるってことはそういうことでさ……。女ごには何をも犠牲にしても構わないと、一途《いちず》に思うことがあるんでね。あたしだって、そのくらいの気持で生命《いのち》を賭《か》けて甚三郎に惚れた……。現在《いま》だから正直に話すが、あたしが甚三郎と鰯煮《いわしに》た鍋《なべ》（離れがたい関係）となったとき、甚三郎はすでに鰥夫《やもめ》の身だったんだが、ほら、あたしは出居衆《でいしゅ》（自前芸者）として海千山千《うみせんやません》の世界を渡り歩いていたじゃないか……。日々堂の懐を預かる宰領夫婦があたしを後添《のちぞ》いとして認めてくれるかどうかとずいぶん悩んでさ……。けど、そのとき、あたしはおまえたち二人が認めてくれるまで何度でも腹を割って話し合うつもりだったし、それでも駄目なら、いくら反対されようと知らぬ顔の半兵衛《はんべえ》を決め込み、日々堂に乗り込んでやるんだと腹を決めてたんだよ。ところが、案に相違して、二人ともあたしのことを温かく迎え入れてくれた……」

「当たり前ではないですか。旦那が惚れ込んだお方だ。あっしらに異存があろうはずがねえ……。なあ、おはま、おめえだってそうだよな？」

「ああ、そうだよ。あたしはひと目で女将さんに惚れ込んだんだ。この女《ひと》をおいて、日々堂の女将の座を託す女《ひと》はいないと……」

「有難《ありがと》うよ。けど、あたしが言いたかったのは、女ごが真剣に男に惚れるということは、そのくらいの覚悟を持ってのことだということでさ……。瑞江さまは姉さんや石鍋さまの気持を知っていても、だからといって、身を退く気にはなれなかったのだろうさ。確かに、所帯を持った後も石鍋さまの心が好江さまにあったのだから、辛かったと思うよ。けど、瑞江さまには敬吾さんという立派な子を世に送り出すことが出来たんだ……。女ごなら、それだけで幸せだし、何物にも替えがたいと思うだろうさ。だから、瑞江さまは亭主や姉さんに済まないと思いながらも、束《つか》の間《ま》の幸せを味わい、まるでその代償でもあるかのように、この世を去った……。敬吾さんの中に自分が生きていると思えば、もうそれだけで充分だったのだろうさ。とはいえ、好江さまは行方《ゆくえ》を晦《くら》ましたのだから、瑞江さまにしてみれば最期まで気懸《きが》かりだったと思うよ。そう思うと、戸田さまが言ってたように、あたしも石鍋さまと好江さまが再会したのは、ただの偶然ではないような気がしてさ……」

お葉が龍之介を瞠《みつ》める。

正蔵もおはまも、さっと龍之介に目をやった。

「いや、これは重兵衛が言っていたことなんだが、好江どのを療養させる場所を探し回っていたとき、やっとの思いで石島町の百姓家の納屋に辿《たど》り着き、重兵衛は思ったそうだ。もしかすると、好江どのに引き合わせてくれたのも、自分が好江どのを引き取り世話をすることになったのも、瑞江が計ってくれたことではなかろうかと……。そう、こうも言っていた。瑞江にも俺が好江どのに惚れていたことが解っていたのよ、それに、好江どのが瑞江のために身を退いてくれたことも……。だから、せめて好江どのの最期を俺に看取らせようと、そう計ってくれたように思えてならないと……」

龍之介はそう言ったときの重兵衛の顔を思い出したのか、辛そうに眉根を寄せた。

「石鍋さまがそんなことを……」

おはまの目に涙が溢《あふ》れる。

「そうかもしれねえな……」

正蔵もぽつりと呟いた。

と、そこに、風呂から上がった清太郎が、浴衣《ゆかた》を羽織《はお》っただけの恰好《かっこう》で茶の間に飛び込んできた。

「おっかさん、桃、もうないの？」

「これっ、清太郎、ちゃんと紐《ひも》を結ばなきゃ！　なんて子なんだろうね。ほら、おいで。おっかさんが結んでやるからさ」

「だから、桃、もうないの？」

「あるわけがないだろ？　おまえが一つ、敬吾さんが一つ、ちゃんと分け合って食べたんじゃないか」

「なんでェ、もうねえのか……」

清太郎が不服そうにぷっと頬を膨《ふく》らませる。

「辛抱《しんぼう》するんだね。現在《いま》はまだ走りの桃を一つでも食べられたんだもの、幸せだと思わなくっちゃ……」

「そうだぜ、清太郎。俺だって食いたかったのに我慢したんだからよ」

龍之介が言うと、正蔵もおはまも口裏を合わせるかのように、大仰《おおぎょう》に頷いた。

「おばちゃんなんて、いつ、清坊がひと口どうだと言ってくれるかと待ってたんだからさァ」

「おう、美味そうだったもんな！」

途端に、清太郎は潮垂《しおた》れた。

「なんだい、皆して……。だったら早く言えばよかったじゃねえか……。おいら、独り占めする気なんてなかったのに……」

「おい、止《よ》せ、清太郎。冗談を言っただけなんだからよ」

龍之介が戯《おど》けたように片目を瞑《つぶ》る。

「てんごうをまともに受けるなんて、なんて可愛《かわい》いんだえ！」

わっと茶の間に嗤いの渦《うず》が湧き起こる。

それまで鬱々《うつうつ》としていた茶の間の空気が一掃されたかのようである。

子供とは、なんと元気を与えてくれる存在なのであろうか……。

そう思うだけで、お葉の胸はほのぼのとした気持になるのだった。

それから二日後、友七が訪ねて来た。

どうやら、友七も石鍋父子《おやこ》のことを気にしていたとみえ、茶の間に腰を下ろすや開口一番、で、どうだった、敬吾を伯母さんとやらに逢わせたんだろう？　と訊いてきた。

「ああ、逢わせたよ。身につまされるような対面となっちまったんだけどさ……」

お葉は敬吾が好江と対面したときの状況を語って聞かせた。

「そうけえ……。そりゃ、敬吾には辛《つれ》ェ対面となったな」

友七が苦虫《にがむし》を嚙み潰《つぶ》したような顔をする。

「それがさァ、敬吾さんが健気でさ……。あたし、あの子の先行きを思うと、居ても立ってもいられない気持なんだよ」

お葉が茶を淹れながら溜息を吐く。

「先行きというと？」

「だって、明成塾を辞《や》めちまっただろ？　これから先どうするのかと思うとさ……。

学問はどこにいても出来るといっても、石鍋さまの指南所にいたんじゃね……。石鍋さまだって、自分の手に余るようになったからこそ、さらに上を目指させようとしたんだからさ。書物を買う金くらいならあたしが助《す》けてやったっていいけど、このまま独学というのもさ……」

「お葉よ、おめえの言いてェことは解るが、肝心《かんじん》の敬吾はどう思ってるんでェ」

友七がお葉を食い入るように瞠める。

「それがさ、訊くことは訊いたんだよ。けど、現在《いま》のところ、あの子にも自分がどうしたいのか判らないみたいでさ……。当然だよね？　まだ十二歳だもの……。親分だって、子供の頃には先々自分が何になりたいのか判っていなかっただろ？」

「俺か？　俺ャ、十二歳の頃には鳶《とび》になるのが夢だった……。おう、そうよ。魚をたらふく食いてェがために、一時期、魚屋か海とんぼ(漁師)もいいかなと思ったことがあったっけ……。が、気づくと、いつの間にかお上《かみ》の御用を務めることになっていてよ」

「ほら、ごらんよ。子供なんて成長していく過程で、そうして次々に考えが変わっていくもんでさ……。ただ、敬吾さんの場合は、父親《てておや》が何がなんでもと仕官を夢見ているもんだから、父親の期待に応《こた》えようと懸命でさ……。この江戸に仕官を望む者が一体何人いると思う？　仕官なんてお月さまに石打《いしうち》するようなもの……。それが解っているというのに、親の夢から逃《のが》れられないんだからさ。その意味では清太郎も同じで、あの子には甚三郎の跡を継《つ》いでもらわなきゃなんないんだが、清太郎の場合は、もう土俵が出来ているからさ……。けど、敬吾さんは違う！　約束された居場所なんてどこにもないのに、夢だけを追いかけていなくちゃなんないんだからさ……」

「まあな……」

「それでさ、あたし、ふっと思ったんだけど、添島さまに敬吾さんを逢わせてみてはどうだろうかと……」

「添島立軒か。医者に逢わせてどうするってェのよ。おっ、そうか！　敬吾が医術に関心を持つようなら、医者の道をってことかよ？　そいつァいいかもしれねえな！　添島さまは一時期長崎に遊学していたことがあるというし、医者になるには家柄もへったくれもねえからよ……。本人に学ぶ意欲さえあれば、それも叶う。しかも、師匠として、添島さまなら非の打ち所がねえときた……」

友七は納得したとばかりに膝を打った。

「親分もそう思ってくれるんだね。良かった……。いらぬおせせの蒲焼《かばやき》（余計な世話）と怒鳴られるかと思ってたよ」

お葉はやれと唇を開いた。

「けどよ、肝心なのは敬吾の気持と、あのおとっつァんが問題だ。はたして、仕官の夢を断ちきることが出来るかどうか……。なんせ、口を開けば、仕官、仕官、と決まり文句を唱《とな》え、武士の矜持《きょうじ》が捨てきれぬ男だからよ」

「それに、添島さまが敬吾さんのことを快《こころよ》く引き受けて下さるかどうか……」

「ああ、それも問題だが、なんせ、敬吾はまだ十二歳だからよ……。当面は診療所の下働きにでも使ってもらい、敬吾に才覚があると見れば、いずれ書生にしてくれればいいのだからよ」

「じゃ、決まりだね！」

「おいおい、俺とおめえの間で勝手に決まりをつけていいのかよ……」

お葉は友七の顔を瞠め、くすりと肩を竦めた。

すると、友七が改まったようにお葉に目を据える。

「ところでよ、俺ャ、ちょいと気になったもんだから、好江という女ごのことを調べてみたのよ」

お葉の顔に緊張の色が走る。

「それで？」

「好江は土橋の松月楼《しょうげつろう》という中籬《ちゅうまがき》にいた。なんでも十年前に三十両で売られてきたらしいが、松月楼の御亭《ごてい》は好江が武家の出と聞いて驚いてたぜ。何しろ謎《なぞ》の多い女ごで、しかも、てめえのことについては一切《いっさい》語ろうとしねえもんだから、言葉遣いや身のこなしからみて、商家の娘だったが、見世が身代限《しんだいかぎ》りにでもなり身売りする羽目《はめ》になったのだろうと思っていたが、まさか、武家の出だったとは……、と目をまじくじさせてよ。好江は見世では瑞穂《みずほ》と名乗っていたそうだが、地味な女ごでよ。綺麗な着物《べべ》を着ることもなく、美味いものを食おうともしなかったそうだ。瑞穂がたまに銭を使うのは、月に一度、誰に出すのか便り屋に飛脚賃を払うときだけ……。それも、二十四文《もん》と下直《げじき》なもんだから、年季十年のところが、二年も前《めえ》から身抜《みぬけ》していたそうな……。ところが、その頃より、瑞穂が胸の病に罹《かか》っちまってよ。行く当てがないのでこのまま置いてくれと頼まれ、それで雑用をやらせたり、たまに籬に坐《すわ》らせることがあったというのよ。てなわけで、松月楼にしてみれば、突然、石鍋さまが現れて身《み》請《うけ》したいと言い出したもんだから、ぼた餅で叩かれたようなもの……。御亭の奴、世の中にはとんだ物好きもいるものだと、ほくそ笑《え》んでたぜ……」

お葉は好江が瑞穂と名乗っていたと聞き、あっと息を呑《の》んだ。

瑞江を思ったのである。

好江がどんな気持で源氏名《げんじな》を瑞穂とつけたのかと思うと、複雑な気持に陥《おちい》ったのである。

「どうしてェ、顔が真っ青《さお》だぜ」

友七がお葉の顔を覗き込む。

「なんでもないんだ。続けておくれ」

「と、まあ、松月楼で判ったことはこれだけなんだがよ……。帰り際《ぎわ》、松月楼の消炭《けしずみ》が声をかけてきてよ。なんでも、月に数度、瑞穂を連れて来た女衒《ぜげん》というのが顔を出すので、その男から瑞穂がここに来るまでの経緯《いきさつ》を訊き出してやると言うのよ。そうすりゃ、何ゆえ好江が流れの里に身を落とすことになったのかが判るからよ。まっ、もうしばらく待ってくれや」

お葉は辛そうに伏せた顔を上げた。

「親分、もういいよ」

「いいとは……」

「今さら聞いたところでどうしようもないし、なんだか聞きたくない気がするんだよ」

「聞きたくねえと？」

友七はとほんとした。

「何があろうと、刻々《こっこく》と好江さまに死が迫っている、この現実は避《さ》けられないんだもの……。今さら昔のことを穿《ほじく》り返すよりは、石鍋さまと好江さまには静かに最期の秋《とき》を過ごしてほしいと思ってさ」

「そうけえ。おめえがそう思っているのなら、それでいいんだけどよ……。で、どうなんでェ、あとどのくれェ保ちそうなんでェ」

お葉が虚《むな》しそうに首を横に振る。

「十日ほど保つかもしれないし、明日かもしれないし……」

「そうけえ。神のみぞ知るってことなんだな……」

友七はそう言うと、ふうと太息を吐いた。

好江が息を引き取ったのは、それから三日後のことだった。

それも、重兵衛が明け方まで病床に付き添い材木町の裏店に戻った後のことで、好江は誰にも看取られることなく、たった独りでひっそりと息絶えたのである。

八ツ半（午後三時）過ぎ、重兵衛が石島町の納屋を訪ねると、好江は手に折り紙のようなものを握り眠っていた。

重兵衛は好江がてっきり眠っているものと思い、粥《かゆ》を炊《た》こうと土間に下りかけたが、ふと好江が手にしたものが気になり傍に寄った。

どうやら、好江が手にしていたものは折り紙ではなく、結び文のようである。

好江どのが文を……。

だが、一体、誰に文を……。

重兵衛は好江の指から結び文を外そうとして、ハッと息を呑んだ。

指が凍《こお》りついたように冷たいのである。

好江どの……。

重兵衛は好江の死を悟り、がくりと肩を落とした。

いつかこんな日が来ると覚悟していたのだが、頭の中にぽかりと空洞が出来たようで、何も考えることが出来ない。

涙も出てこないのである。

そうして、一体どのくらい坐り込んでいただろう。

ハッと我に返ると、重兵衛はそろりと好江の指から結び文を外し、百姓家へと向かった。

大家でもある百姓家の女房は重兵衛の顔を見て、すぐに状況を察した。

「いいから、あとはあたしに委《まか》せときな！」

女房はそう言うと、てきぱきと通夜《つや》の段取りをしてくれたが、重兵衛は虚脱したかのように茫然《ぼうぜん》と坐り込んでいた。

結句、通夜は枕 経《まくらぎょう》もなしに、重兵衛と百姓家の家族だけで一夜を過ごしたのであるが、野辺送《のべおく》りという段になり、好江をどこに埋葬するかで逡 巡《しゅんじゅん》した。

石鍋家の墓所は本所の源光寺《げんこうじ》である。

そこに重兵衛の双親も眠っていれば、敬吾の母瑞江も眠っている。

だが、好江は丸岡家の人間なのである。

丸岡家は元々仙台の出なので江戸に墓所はなく、好江や瑞江の父親《てておや》が亡くなった際には、当時住んでいた裏店の大家の計らいで、泉 龍 寺《せんりゅうじ》に埋葬したという経緯があった。

当然、好江も泉龍寺に埋葬すべきなのは解っている。

が、瑞江の幸せを望み身を退いた好江のことを思うと、重兵衛には、この後は瑞江の傍で眠らせてやるのがせめてもの 慰《なぐさ》めのように思えてならない。

それに、いずれ自分もそこで眠ることになるのである。

敬吾もまた然り……。

現世では叶うことがなかったが、せめてあの世では、仲睦《なかむつ》まじく皆で一緒に過ごせたならば……。

その思いに辿り着くと、重兵衛は迷うことなく、源光寺に早桶《はやおけ》を運ぶようにと葬儀屋に伝えていた。

翌日、好江の死を報告に来た重兵衛に、お葉は唖然《あぜん》とした顔をして不満を言い募《つの》った。

「まあ、なんだっていうんだろう！　石鍋さま、水臭いじゃありませんか……。それならそうと声をかけて下されば、野辺送りに駆けつけたのにさ。で、敬吾さんには？　敬吾さんには知らせたんでしょうね？」

「いや、敬吾にも知らせませんでした。あいつに言ったのは、今朝になってからのことで……。早速《さっそく》、これから敬吾を連れて墓詣《はかまい》りに参ります」

お葉は開いた口が塞がらないといった顔をした。

「なんで敬吾さんにお別れをさせなかったのさ！　敬吾さんにとって、好江さまはたった一人の伯母さんではないですか」

お葉が声を荒げると、重兵衛は寂しそうに笑った。

「先日、別れは済んでいますゆえ……。敬吾には、あのときの好江どのを胸に焼きつけてほしいと思って……」

そういうことだったのか……。

お葉は胸に楔《くさび》を打たれたかのように、ぎくりとした。

おそらく、あの後、好江の衰弱には著《いちじる》しいものがあったのであろう。

すっかり面差しの変わってしまった好江……。

そんな姿を敬吾に見せるより、かすかに瑞江の面影を留めていたときの顔を憶えていてほしい。

重兵衛はそう思ったのではなかろうか……。

「解りました。では、あたしも源光寺にご一緒しましょう」

お葉は嫌だとは言わせないぞとばかりに、そそくさと仕度を始めた。

「それで、現在《いま》、敬吾さんはどこに？」

「材木町の裏店で待っております」

「そうかえ。じゃ、行こうじゃないか！」

そう言い、立ち上がろうとして、お葉はあっと息を呑んだ。

重兵衛の腰から二本差しが消えているのである。

浪々の身ながら、それが武士であることの矜持とばかりに、決して二本差しを外そうとしなかった重兵衛である。

丸腰の重兵衛は、いかにも心許《こころもと》なさそうである。

「石鍋さま……」

お葉が驚いたように目を瞠《みは》ると、重兵衛は面目《めんぼく》なさそうに目を伏せた。

「野辺送りに金がかかるということを失念していましたゆえ……。いえ、売り払ったわけではなく、質種《しちぐさ》にしたまでで、いずれ取り返しますのでご案じ下さいますな」

ああ……、とお葉は唇を嚙んだ。

「駄目だよ、そんなことをしては！　刀は石鍋さまの生命《いのち》だったはず……。質屋《しちや》はどこだえ？　今、質札《しちふだ》を持ってるんだろうね？　質屋で金を借りるくらいなら、このあたしが貸したって文句はないだろう？」

お葉が険《けわ》しい顔をして重兵衛に迫る。

重兵衛は困じ果てたような顔をした。

「女将にそこまで迷惑をかけたのでは……」

「何が迷惑だよ！　あたしが好江さまの前で言ったことを憶えているかえ？　石鍋と

日々堂は親戚付き合いをしてるって……。あたしが親戚面《づら》をしているというのに、恥をかかせるような真似《まね》をしないでおくれよ！　さっ、墓に詣る前に質屋に寄ろうじゃないか」

お葉の剣幕に、重兵衛は為《な》す術《すべ》もなく、済まない、と頭を下げた。

そうして、途中、丸太橋《まるたばし》近くの質屋で刀を請《う》け出すと、敬吾を連れて本所荒井町《あらいちょう》の源光寺へと向かった。

敬吾は好江の墓が瑞江の隣にあるのを見て、驚いたように重兵衛を見上げた。

「母上の隣ではないですか！　ああ、良かった……。伯母上が亡くなられたら、一体どちらに埋葬されるのだろうかと案じていたのですが、ここなら母上も伯母上も寂しくありませんよね」

お葉も源光寺がまさか石鍋家の墓所と知らずについて来たのであるが、好江の墓が瑞江の隣にあるのを見ていささか戸惑《とまど》った。

だが、敬吾のこの悦びよう……。

改めて、お葉にも重兵衛の心を垣間《かいま》見たように思えたのだった。

重兵衛には、好江も瑞江も、二者択一できないほどに大切だったのであろう。

そして、好江も重兵衛が愛しくもあり、同時に瑞江も大事……。

瑞江もまた、重兵衛への想いが捨てきれないまま、好江を慕ってもいた……。

結句、この三人は切ろうにも切り離すことの出来ない関係だったのである。

お葉は真新しい白木《しらき》の墓標に手を合わせると、好江さま、良かったですね、と語りかけた。

そうして、重兵衛を振り返ると、

「石鍋さま、善いことをしておあげになりましたね」

と微笑みかけた。

いやっと、重兵衛が照れ臭そうに片頬を弛める。

「敬吾、思い残すことなく、伯母上に別れが出来たかな？」

重兵衛が敬吾を流し見る。

「はい。お辛い日々だったでしょうが、これからは母上と共に安らかにお眠り下さいませ、と伝えました」

「そうか……」

重兵衛は頷くと、懐の中から結び文を取り出した。

好江が手に握っていた、あの結び文である。

「伯母上からおまえにだ……」

「えっ、わたしに？　伯母上がわたしに文を下さったのですか？」

敬吾が信じられないといったふうに目を瞬《しばたた》く。

「開けてみなさい」

「はい」

敬吾が結び文の折り目を開いていく。

「………」

「どうしたえ？　何が書いてあったのさ」

お葉が訊ねると、敬吾は目をしばしばとさせた。

そして、黙ってお葉に文を手渡す。

「えっ、読んでいいのかえ？」

敬吾はこくりと頷いた。

半紙一枚のその文には、

「敬吾さま、お目にかかれて嬉しゅうございました。重兵衛さまからおまえさまのことを聞き、お逢いするのを愉しみにしておりましたが、このように凜々《りり》しく賢い若者におなりになった姿を拝見し、あまりの嬉しさに思わず感涙に噎《むせ》んでしまいました。あの世に参りましたならば、必ずや母上に伝えましょうぞ……」

とあり、そこで文は一旦途切れていた。

そして、一行の空白の後、綴《つづ》られていたのが、

けっぱれ　敬吾さま……。

筆を持つ手に力が入らないのか、最初《はじめ》の部分も乱れに乱れていたが、最後の一行は、蚯蚓がのたくったような、という表現そのもの……。

おそらく、書き進めていくうちに力尽きたということなのであろう。

お葉の目にワッと涙が衝き上げた。

「さぞや、これを書くにも渾身《こんしん》の力を振り絞《しぼ》ったであろうと思うと、そうまでして、敬吾に想いを伝えたかった好江どのの気持が嬉しくて……」

重兵衛の目から涙が噴き出た。

ウウッ、ウウッと重兵衛が嗚咽《おえつ》を上げる。

「済みません。しばらく泣かせて下さい……。好江どのの死を知り、通夜、野辺送りと、不思議に涙が出なかったのですが、現在《いま》になり……。ウッウウウ……」

重兵衛は溢れる涙を払おうともせず、肩を顫わせた。

そうして墓詣りを終え、寺の住持《じゅうじ》に挨拶《あいさつ》を済ませて引き返そうとしたときである。

御竹蔵《おたけぐら》の前で敬吾がぽつりと呟いた。

「父上、けっぱれとは、どういう意味なのでしょう」

重兵衛はしばし考え、答えた。

「伯母上は仙台の女《ひと》なのでな。それで、仙台の言葉で、けっぱれ、つまり、頑張《がんば》れ、と言われたのだろうて……」

「頑張れが、けっぱれですか……。よい言葉ですね」

敬吾が重兵衛を見上げる。

お葉も初めて耳にした言葉であったが、けっぱれ……、なんてよい響きなのだろう、と思った。


それから一廻りほどして、朝餉《あさげ》を食べ終え、手習指南所に行く仕度を始めた清太郎が、おっかさん、おっかさんてばァ！　と大声で鳴り立てた。

「なんだえ、朝っぱらから大きな声を出して……。一体、どうしたっていうのさ……」

お葉が仏壇の傍に寄って行くと、清太郎が興奮したように小机の上に置いた虫籠を指差した。

「ほら、見て！　オトシブミが成虫になったよ。ねっ、これがオトシブミだろ？」

なるほど、見ると、木の葉で造った円筒状の揺籃の片側を切り裂き、チョッキリに似た小さな虫が出て来ようとしているではないか……。

まだ一匹しか孵化していないが、お葉はまるで生命《いのち》の誕生を目《ま》の当たりにしたかのような想いに、胸を顫わせた。

いずれ残りの三匹もこの世に生まれ出てくるのであろうが、好江の死からまだ間がないだけに、なぜかしら、そこに自然の摂理《せつり》を見たように思ったのである。

なぜならば、好江が敬吾に託した結び文も落とし文の一つであり、けっぱれ、と励ましの言葉を贈り去っていく者もいれば、こうして目の前で、成虫となり生まれ出てくる新しい生命《いのち》もあるのであるから……。

お葉はここ数日の重苦しい空気が払われたかのように思った。

「清太郎、敬吾さんにも見せて上げようよ！」

お葉が清太郎に目まじする。

「うん。手習が終わったら、敬ちゃんを連れて来るよ。だからさァ、おいら、今日も桃を食べたい！　ねっ、ねっ、いいだろう？」

まっ、なんて子なんだろう……。

が、考えてみれば、桃の値も少しは落着いたであろうし、オトシブミが成虫になった祝いでもある。

「ようっし、委せときな！」

お葉はポンと胸を叩いた。

敬吾の笑顔を早く見たいものである。

そう思うと、お葉の胸がじんと熱くなった。

花筏

一〇〇字書評

切り取り線

購買動機（新聞、雑誌名を記入するか、あるいは○をつけてください）

□（　　　　　　）の広告を見て	
□（　　　　　　）の書評を見て	
□ 知人のすすめで	□ タイトルに惹かれて
□ カバーが良かったから	□ 内容が面白そうだから
□ 好きな作家だから	□ 好きな分野の本だから

・最近、最も感銘を受けた作品名をお書き下さい

・あなたのお好きな作家名をお書き下さい

・その他、ご要望がありましたらお書き下さい

住所	〒				
氏名		職業		年齢	
Eメール	※携帯には配信できません	新刊情報等のメール配信を 希望する・しない			

この本の感想を、編集部までお寄せいただけたらありがたく存じます。今後の企画の参考にさせていただきます。Eメールでも結構です。

いただいた「一〇〇字書評」は、新聞・雑誌等に紹介させていただくことがあります。その場合はお礼として特製図書カードを差し上げます。

前ページの原稿用紙に書評をお書きの上、切り取り、左記までお送り下さい。宛先の住所は不要です。

なお、ご記入いただいたお名前、ご住所等は、書評紹介の事前了解、謝礼のお届けのためだけに利用し、そのほかの目的のために利用することはありません。

〒一〇一・八七〇一
祥伝社文庫編集長 坂口芳和
電話 〇三（三二六五）二〇八〇

祥伝社ホームページの「ブックレビュー」からも、書き込めます。
http://www.shodensha.co.jp/bookreview/

祥伝社文庫

花筏《はないかだ》 便《たよ》り屋《や》お葉日月抄《ようじつげつしょう》

平成25年4月20日　初版第1刷発行

著　者　今井絵美子《いまいえみこ》

発行者　竹内和芳

発行所　祥伝社《しょうでんしゃ》

東京都千代田区神田神保町3-3
〒101-8701
電話　03（3265）2081（販売部）
電話　03（3265）2080（編集部）
電話　03（3265）3622（業務部）
http://www.shodensha.co.jp/

印刷所　萩原印刷

製本所　ナショナル製本

カバーフォーマットデザイン　中原達治

本書の無断複写は著作権法上での例外を除き禁じられています。また、代行業者など購入者以外の第三者による電子データ化及び電子書籍化は、たとえ個人や家庭内での利用でも著作権法違反です。
造本には十分注意しておりますが、万一、落丁・乱丁などの不良品がありましたら、「業務部」あてにお送り下さい。送料小社負担にてお取り替えいたします。ただし、古書店で購入されたものについてはお取り替え出来ません。

Printed in Japan ©2013, Emiko Imai ISBN978-4-396-33837-4 C0193

祥伝社文庫の好評既刊

今井絵美子　**夢おくり**　便り屋お葉日月抄①

「おかっしゃい」持ち前の侠な心意気で邪な思惑を蹴散らした元芸者・お葉。だが、そこに新たな騒動が！

今井絵美子　**泣きぼくろ**　便り屋お葉日月抄②

父と弟を喪ったおてるを励ますため、お葉は彼女の母に文を送るが、そこに新たな悲報が……。

今井絵美子　**なごり月**　便り屋お葉日月抄③

「女だからって、あっちをなめたら承知しないよ！」情にもろくて鉄火肌、お葉の啖呵が深川に響く！

今井絵美子　**雪の声**　便り屋お葉日月抄④

身を寄せ合う温かさ。これぞ人情時代小説の醍醐味！深川の便り屋・日々堂の女主人・お葉の啖呵が心地よい。

宇江佐真理　**おぅねぇすてぃ**

文明開化の明治初期を駆け抜けた、若い男女の激しくも一途な恋…。著者、初の明治ロマン！

宇江佐真理　**十日えびす**　花嵐浮世困話

夫が急逝し、家を追い出された後添えの八重。実の親子のように仲のいいおみちと日本橋に引っ越したが…。

祥伝社文庫の好評既刊

岡本さとる
取次屋栄三《えいざ》
武家と町人のいざこざを知恵と腕力で丸く収める秋月栄三郎。縄田一男氏激賞の「笑える、泣ける」傑作時代小説。

岡本さとる
がんこ煙管《ぎせる》　取次屋栄三②
栄三郎、頑固親爺と対決！「楽しい。面白い。気持ちいい。ありがとうと言いたくなる作品」と細谷正充氏絶賛！

岡本さとる
若の恋　取次屋栄三③
名取裕子さんもたちまち栄三の虜に！「胸がすーっとして、あたしゃ益々惚れちまったぉ！」大好評の第三弾！

岡本さとる
千の倉より　取次屋栄三④
「こんなお江戸に暮らしてみたい」と、日本の心を歌いあげる歌手・千昌夫さんも感銘を受けたシリーズ第四弾！

岡本さとる
茶漬け一膳　取次屋栄三⑤
この男が動くたび、絆の花がひとつ咲く！ 人と人とを取りもつ〝取次屋〟の活躍を描く、心はずませる人情物語。

岡本さとる
妻恋日記　取次屋栄三⑥
亡き妻は幸せだったのか？ 日記に遺された若き日の妻の秘密。老侍が辿る追憶の道。想いを掬う取次の行方は。

祥伝社文庫の好評既刊

岡本さとる　**浮かぶ瀬**　取次屋栄三⑦

神様も頬ゆるめる人たらし。栄三の笑顔が縁をつなぐ！ 取次屋の心にくい〝仕掛け〟に不良少年が選んだ道とは？

岡本さとる　**海より深し**　取次屋栄三⑧

「キミなら三回は泣くよと薦められ、それ以上、うるうるしてしまいました」女子アナ中野さん、栄三に惚れる！

辻堂　魁　**風の市兵衛**

さすらいの渡り用人、唐木市兵衛。心中事件に隠されていた奸計とは？ 〝風の剣〟を振るう市兵衛に瞠目！

辻堂　魁　**雷神**　風の市兵衛②

豪商と名門大名の陰謀で、窮地に陥った内藤新宿の老舗。そこに現れたのは〝算盤侍〟の唐木市兵衛だった。

辻堂　魁　**帰り船**　風の市兵衛③

またたく間に第三弾！「深い読み心地をあたえてくれる絆のドラマ」と小梛治宣氏絶賛の〝算盤侍〟の活躍譚！

辻堂　魁　**月夜行**　風の市兵衛④

狙われた姫君を護れ！ 潜伏先の等々力・満願寺に殺到する刺客たち。市兵衛は、風の剣を振るい敵を蹴散らす！

祥伝社文庫の好評既刊

辻堂　魁
天空の鷹《たか》　風の市兵衛⑤
まさに時代が求めたヒーローと、末國善己氏も絶賛！　息子を奪われた老侍とともに市兵衛が戦いを挑むのは!?

辻堂　魁
風立ちぬ（上）　風の市兵衛⑥
〝家庭教師〟になった市兵衛に迫る二つの影とは？〈風の剣〉を目指した過去も明かされる興奮の上下巻！

辻堂　魁
風立ちぬ（下）　風の市兵衛⑦
まさに鳥肌の読み応え。これを読まずに何を読む!?　江戸を阿鼻叫喚の地獄に変えた一味を追い、市兵衛が奔る！

辻堂　魁
五分の魂　風の市兵衛⑧
人を討たず、罪を断つ。その剣の名は――〝風〟。金が人を狂わせる時代を、〈算盤侍〉市兵衛が奔る！

野口　卓
軍鶏侍《しやもざむらい》
闘鶏の美しさに魅入られた隠居剣士が、藩の政争に巻き込まれる。流麗な筆致で武士の哀切を描く。

野口　卓
獺祭《だっさい》　軍鶏侍②
細谷正充氏、驚嘆！　侍として峻烈に生き、剣の師として弟子たちの成長に悩み、温かく見守る姿を描いた傑作。

祥伝社文庫の好評既刊

野口 卓 猫の椀

縄田一男氏賞賛。「短編作家・野口卓の腕前もまた、嬉しくなるほど極上なのだ」江戸に生きる人々を温かく描く短編集。

野口 卓 飛翔 軍鶏侍③

小栁治宣氏、感嘆! 冒頭から読み心地抜群。師と弟子が互いに成長していく成長譚としての味わい深さ。

藤原緋沙子 恋椿 橋廻り同心・平七郎控①

橋上に芽生える愛、終わる命…橋廻り同心平七郎と瓦版女主人おこうの人情味溢れる江戸橋づくし物語。

藤原緋沙子 火の華《はな》 橋廻り同心・平七郎控②

江戸の橋を預かる橋廻り同心・平七郎が、剣と人情をもって悪を裁くさまを、繊細な筆致で描くシリーズ第二弾。

藤原緋沙子 雪舞い 橋廻り同心・平七郎控③

雲母橋《きらずばし》・千鳥橋《ちどりばし》・思案橋《しあんばし》・今戸橋《いまどばし》。橋廻り同心・平七郎の人情裁きが冴えわたる好評シリーズ第三弾。

藤原緋沙子 夕立《ゆだ》ち 橋廻り同心・平七郎控④

人生模様が交差する江戸の橋を預かる、北町奉行所橋廻り同心・平七郎の人情裁き。好評シリーズ第四弾。

祥伝社文庫の好評既刊

藤原緋沙子　**冬萌え**　橋廻り同心・平七郎控⑤

泥棒捕縛に手柄の娘の秘密。高利貸しの優しい顔——橋の上での人生の悲喜こもごも。人気シリーズ第五弾。

藤原緋沙子　**夢の浮き橋**　橋廻り同心・平七郎控⑥

永代橋の崩落で両親を失い、深い傷を負ったお幸を癒《いや》した与七《よしち》に盗賊の疑いが——橋廻り同心第六弾！

藤原緋沙子　**蚊遣《かや》り火**　橋廻り同心・平七郎控⑦

江戸の夏の風物詩——蚊遣り火を焚く女の姿を見つめる若い男…橋廻り同心平七郎の人情裁きやいかに。

藤原緋沙子　**梅灯り**　橋廻り同心・平七郎控⑧

生き別れた母を探し求める少年僧に危機が！　平七郎の人情裁きや、いかに！

藤原緋沙子　**麦湯の女**　橋廻り同心・平七郎控⑨

奉行所が追う浪人は、その娘と接触するはずだった。自らを犠牲にしてまで浪人を救う娘に平七郎は…。

藤原緋沙子　**残り鷺《さぎ》**　橋廻り同心・平七郎控⑩

「帰れない…あの橋を渡れないの…」謎のご落胤に付き従う女の意外な素性とは？　シリーズ急展開！

祥伝社文庫　今月の新刊

井上荒野　もう二度と食べたくないあまいもの
男と女の関係は静かにかたちをかえていく。傑作小説集。

西加奈子 他　運命の人はどこですか？
人生を変える出会いがきっとある。珠玉の恋愛アンソロジー。

安達　瑶　正義死すべし　悪漢刑事《わるデカ》
嵌められたワルデカ！　県警幹部、元判事が隠す司法の〝闇〟。

豊田行二　第一秘書の野望　新装版
総理を目指す政治家秘書が、何でも利用しのし上がる！

鳥羽　亮　殺鬼狩り　闇の用心棒
江戸の闇世界の覇権を賭け、老刺客、最後の一閃！

小杉健治　白牙《びやくが》　風烈廻り与力・青柳剣一郎
蠟燭問屋殺しの真実とは？　剣一郎が謎の男を追う。

今井絵美子　花筏《はないかだ》　便り屋お葉日月抄
思いきり、泣いていいんだよ。人気沸騰の時代小説、第五弾！

城野　隆　風狂の空　天才絵師・小田野直武
『解体新書』を描いた絵師の謎に包まれた生涯を活写！

沖田正午　うそつき無用　げんなり先生発明始末
貧乏、されど明るく一途な源成。窮地の父娘のため発奮！